소중한 _____에게

하루하루 행복이 닿는 길을 걷길.

보통의 것이 좋아

나만의 보폭으로 걷기, 작고 소중한 행복을 놓치지 말기

보통의 것이 좋아

반지수 그림에세이

위즈덤하우스

차례

마음이 기억하는 행복의 순간들

일상에서도, 삶을 통틀어서도
공기에 영향을 받고 또 나의 지나간 시절들을 공기로 기억한다.
다른 이의 예술작품에서 감동받는 것도
그것이 주는 공기를 맡을 때가 많다.

냄새, 온도, 향기, 날씨
그리고 그 시간과 공간에 속한 사람들이 전달하는 기운 같은 것.
마음이 기억하는 순간들. 그런 것을 그리고 싶다.

나는 걷고 또 걸으며 순간들을 모으고 내 두 눈에 담는다.
그런 순간들은 내가 이 세상을 사랑할 수 있는 증거가 된다.
'아, 그래도 세상은 분명히 사랑할 구석이 다분해' 하고
속으로 외친 후 남은 우리의 삶을 더 잘 믿어보고자 한다.
굳이 더 믿어야 하는 쪽이 있다면
내가 본 평화와 보통의 순간들이라 생각하면서
걷고 또 걷는 일은 멈출 수가 없다.
보통 사람들의 모습에 이 모든 것들이 담겨 있다.

Part 01

구석구석,
행복이 닿는 곳을 걷는 법

한 번도 안 가본 골목길로 들어가 보거나 한 번도 안 가본 지하철역을 골라 내려서 돌아다니는 것이 나에게는 더 재미있다. '그곳에 사는 사람이 아니라면 절대 지나갈 일이 없을 것 같은 길'의 느낌을 주는 곳이라면 무조건 들어가 본다. 유명한 관광지에 가더라도 미리 조사를 하는 건 좋아하지 않는다. 잘 모르고 가기 때문에 생기는 갑작스러운 일들이 더 재미있다.

친구네 집 고층 아파트에 들러서 복도 아래를 내려다 봤을 때, 풍경이 주는 분위기에 마음이 조용히 놀랐다. 바람이 선선하게 불어왔고 가로수가 가득했다. 커다란 은행나무가 짙은 초록으로 춤추던 초여름의 모습이 예뻤다. 저 멀리 흔들리는 수만 개의 잎들이 슬로우 모션처럼 움직였다.

나는 아파트에 살아본 적이 없어서 높은 곳에서 내려다보는 풍경에 대해 생소하다. 경북 예천군이라는 인구 5만의 소도시(?)에서 나고 자랐기 때문에 높은 빌딩도 익숙하지 않았다. 예천에는 대형마트도, 6차선 도로도, 큰 횡단보도의 신호등도, 자동차도 많이 없어서 모두 눈치껏 아무렇게나 길을 건너는 분위기였다. (요즘은 신호를 잘 지키는 추세인 것 같다.) 우르르 여러 명이 길을 건너는 모습도 드물다. 때문에 대형마트에서 장 보고 나오는 아주머니, 할머니들이 신호가 바뀔 때마다 모였다가 우르르 길을 건너는 모습이 나에게는 지극히 도시적인 풍경으로 다가왔다.

서울에 와서 남산이나 동네 뒷산에서 내려다보는 풍경도 좋아하지만, 딱 이 정도 거리에서 내려다 본 세상의 모습은 남산타워나 산 정상에서 보는 풍경과는 완전히 달랐다. 가깝지도 멀지도 않은 거리에 사람들이 레고 블럭만 한 크기로 움직인다. 아무리 들여다봐도 지루할 것 같지 않다.

곰곰이 들여다보고 있자니 이곳을 지나가는 사람들 대부분 중년의 여성들이다. 이 시간에 장을 보시는구나. 자취를 했던 나는 식재료를 많이 사지 않거니와 꼭 비닐봉지에 담아오는데, 아주머니들은 세월이 느껴지는 장바구니나 바퀴 달린 수레 같은 것들을 야무지게 사용하고 계셨다.

'다들 이 시간이 익숙하고 능숙해 보여' 허투루 골라 담지 않은 묵직한 저 장바구니 속 재료들이 학교에 다녀온 아이들이나 직장에 다녀온 남편의 저녁상이 되겠구나.

뻔하디 뻔한 모습인데도 왜 나는 이 모습이 생소하게 느껴질까? 비단 도시의 풍경이기 때문만은 아닐 것이다. 평일 낮의 나는 늘 집에 있거나 학교에서 수업을 듣고 있거나 알바를 하고 있었다. 그래서 이 시간에 세상이 어떻게 돌아가는지 자세히 들여다본 적이 없다. 내가 학교에 있던 낮에, 많은 사람들이 직장에서 일하는 시간에, 이렇게 많은 엄마들은 이런 일들을 하고 계셨구나. 내가 딱히 궁금해하지도 주의 깊게 본 적도 없었지만 매일매일 이렇게 분주했을 그녀들이 많은 이들의 밥을 만들고, 먹이고 있다. 그 밥을 먹고 모두가 공부를 하러 가고, 일을 하러 간다. 세상이 굴러가기 위해서 뭔가를 하고 있는 엄마들의 이 모습이야말로 또 다른 낮의 주인공이라는 생각이 들었다.

염리동

3년 전, 월세를 아끼려고 친구랑 같이 살기로 했다. 나는 어디에 살든 상관이 없어서 친구의 학교와 가까운 곳으로 집을 찾다 보니 '염리동'이라는 동네에 자리를 잡게 됐다. 이때 염리동을 처음 가봤다. 방을 보러 다닐 때는 동네가 주는 설렘이나 기대가 크지 않았다. 서울보다는 지방이나 오래된 동네 느낌이 났었다. 그런게 정겹다고 느끼긴 했지만 그뿐이었다. 그때 나는 잠깐 고시원에 살고 있었고, 고시원보다 쾌적하기만 하다면 어디든 괜찮았다.

그런데 막상 살아 보니 너무 좋았다. 집 앞 골목길에 걸어서 1분 거리에 과일가게, 커피집, 가성비 좋은 빵집이 있었고 손두부와 된장을 파는 가게는 너무 맛있어서 곧 단골이 되었다. 걸어서 5분 거리에 구에서 운영하는 문화센터가 있고, 또 집에서 조금 걸어와 큰길을 건너면 경의선 숲길이 있어서 산책로는 물론 세련된 카페나 바도 많았다.

그때의 나는 회사를 다니다가 갑자기 프리랜서가 됐던 상태라 갑자기 자유 시간이 부쩍 많아진 상태였다. 자의 반 타의 반으로 다시 프리랜서가 되면서 온갖 걱정이 많았던 시기다. 거기다 새로운 집과 새로운 생활, 앞으로의 삶에 대한 마음의 준비가 필요했다. 다행히 동네의 새로운 풍경에 빠져 정말 자주 집 밖에 나가 산책을 했고 무거운 마음으로 집 밖을 나가도 돌아오는 길엔 괜찮아져 있곤 했다.

이사 온 지 얼마 안 된 5월 어느 날이 아직도 생생하게 기억난다. 기분 좋은 봄 날씨였다. 날씨에 취해 한 번도 안 가봤던 길로 무작정 들어서자 온갖 작은 꽃 화분이 실린 노점 트럭과 카페 앞에서 동네 아주머니들이 깔깔대며 대화하는 모습을 봤다. 여기저기서 빨강, 노랑, 분홍 꽃이 만발했다. 꽃 파는 아저씨와 해를 쬐며 야외 의자에 앉아 수다를 떠는 할머니들 모습이 보였다. 공덕까지 뻗은 경의선 숲길을 산책하는 사람들로 가득했다. 지금도 그때의 공기나 냄새를 상상해 보라고 하면 떠올릴 수 있을 정도로 기분 좋은 산책이었다.

그 산책에서 나는 이 동네에 소속감을 느꼈다. 그 새로운 공간들이 모두 내 것이 된 것만 같은 기분이 들었다. 그곳에 사는 사람들의 표정이 얼마나 자연스러운가를 느끼면서 나도 그들처럼 이 마을이 익숙해지고 싶었고, 그러기 시작했다는 기분이 들었다.

앞의 그림은 그때 본 모습을 기억해두었다가 그린 그림이다. 요즘 그림과는 조금 다른 느낌이지만 내 나름대로는 혼자 진행해 나갈 작업 방향에 대해 힌트를 얻은 드로잉이기도 하다. 염리동에서의 생활과 이 그림을 계기로 풍경 작업을 꾸준히 할 수 있었기 때문에, 내심 뿌듯해지는 그림이기도 하다.

ps. 경의선 숲길은 연남동에서 시작해 중간 중간 차도로 끊기긴 하지만 공덕역까지 죽 이어져 있다. 혹시 연남동 경의선 숲길에 익숙한 사람이라면 그 길을 따라 꼭 신촌과 공덕까지도 걸어보길 추천한다. 재미있는 풍경들이 많다.

비 오는 날, 동네 떡볶이 집

잠깐 다니던 회사에서 내 역할이 애매해져 곤란했던 적이 있다. 출근 시간 조차 애매해서 점심을 먹고 회사에 가게 됐고 동네 앞 떡볶이 집에 들렀다.

아무도 없는 가게에서 혼자 밥을 먹는데 갑자기 폭우가 쏟아졌다. 한낮임에도 불구하고 온 세상이 먹구름 아래 파란 어둠에 휩싸여서 물을 맞았다. 우산을 챙겨오긴 했지만, 이렇게 비가 많이 올 줄 몰랐다. 갑자기 기분이 울적해졌는데 그 사실을 받아들이고 싶지 않았다.

그때의 내 마음을 기억한다. 그만둬야 했던 일들, 그만하고 싶었던 일들이 가득했던 날이다. 가게엔 나 혼자였고 한여름인데도 에어컨 때문에 실내가 서늘했다. 어두워진 창밖을 보면서 떡볶이를 꾸역꾸역 먹었다. 떡볶이는 내가 제일 좋아하는 음식 중 하나인데 그날은 딱히 맛있지 않았다.

약속이 급하지 않아서, 비가 잦아들길 기다릴 수도 있었지만 그러고 싶지 않았다. 폭우는 폭우대로 내리는데 얇은 우산을 쓰고 그냥 밖으로 나갔다. 뭔가를 기다리고 지체되는 걸 보는 게 지겨웠다.

　　그날 이후 얼마 지나지 않아 결국 회사 일은 내가 원치 않는 방향으로 결정이 됐다. 앞의 그림은 그때 가게 안에서 찍은 사진을 보고 그린 그림이다. 이 그림을 보면 그때가 기억이 난다. 이십 대에는 갑자기 변한 날씨에도 감정이 팍 상하는 일이 많았다. 뭔가 하고 싶어도 내 뜻대로 되지 않는 기분, 찜찜하고 물음표가 가득한 기분이 많았다.
　　고작 2, 3년 정도가 지난 것뿐인데 지금은 '맞아, 그때는 그런 울적한 날들이 꽤 자주 있었지…' 하고 태연스럽게 여길 수 있는 정도가 되어버렸다. 지금도 모든 게 원하는 대로 되는 건 아니지만 그래도 비가 온다고 해서 마냥 울적해지지는 않는다.

그림 속 장소는 동대문구 정보화 도서관 바로 앞인데, 내가 다니던 대학교에서 25~30분 정도 걸으면 나오는 곳이었다. 그때 나는 학교에서 1분 거리에 있는 이문동에 살았으니까 집에서 출발해도 걸어서 그 정도가 걸렸다. 검색하거나 소개받은 게 아니라 학교 주변을 무작정 이끌리는 대로 산책하다가 알게 된 곳이라 좋아했고, 내가 다니던 학교와는 거리가 있다 보니 우리 학교 학생들한테는 유명하지 않은 곳이어서 나만의 비밀장소 같은 곳이었다.

이 도서관까지 가려면 거리가 꽤 되는데도 나는 꼭 걸어서 갔다. 걷는 것 자체를 좋아해서이기도 했지만, 여기까지 가는 길이 나에게는 상당히 낭만적으로 느껴졌기 때문이다. 집에서 출발하여 절반 위치인 회기동까지는 골목이 복잡해서(순전히 길치인 나의 기준이다.) 갈 때마다 다른 길로 갈 수 있었다. 좀 걷다가 회기동을 지나면 갑자기 도시 외곽으로 온 듯한 느낌이 나기 시작한다.

　　도서관 바로 뒤쪽으로는 홍릉근린공원이 있고 또 큰 길 바로 맞은편에는 홍릉 수목원(국립산림과학원)이 있다. 주변 큰 길에도 상가보다 큰 가로수와 숲들이 있어서 걷기 좋은 길로도 소소하게 알려진 곳이다. 숲 옆에는 작은 연못도 있고 제기동 쪽으로 조금만 걸으면 작은 산책길이 딸린 정릉천도 지나간다. 심지어 도서관 옥상에도 작은 옥상정원이 있다. 그곳에는 사람이 많이 없어서 나 혼자 거기 앉아 날씨를 만끽하곤 했다.

　　나는 대학생 때 매일매일 동아리나 학생회 활동을 하던 학생이었기 때문에 이렇게 학교 주변을 돌아다닐 때만큼은 혼자만의 시간을 보내곤 했다.

　　한번은 여기서 혼자 중간고사 공부를 하고 도서관에서 나오는데, 창밖으로 중학생 정도로 보이는 아이들 무리가 모여 단체 사진을 찍는 모습을 봤다. 그야말로 완연한 봄이었고 도서관 주변으로 벚꽃이 흐드러지게 피어 있던 때였다. 연분홍 벚꽃들과 왁자지껄한 아이들.

　　소풍을 나온 걸까? 시험이 끝난 걸까? 아님 그냥 꽃이 좋아서 나온 건가. 정말이지 너무너무 예쁜 모습이다. 이 풍경을 나만 보다니. 친구가 옆에 있었다면 분명 함께 "귀여워~" 했을 거다. 그만큼 혼자 보기 아깝다는 느낌이 들 정도로 아름다웠다. 아이들이 사진을 찍고 공원 쪽으로 다시 우르르 사라지고 나서도 나는 한동안 그 예쁜 풍경에 사로잡혀 있었다. 그 밝은 에너지에 나까지 기분이 평화로워졌다.

　　나는 이런 모습을 만나는 것이 너무 행복하다. 계절의 봄날을 넘어 인생의 봄날일지도 모를 그 시간들. 그 아이들은 본인들의 모습이 그토록 빛나 보였음을 알고 있을까? 나도 학생일 땐 누군가에게 예뻐 보였을까? 다른 사람이 보는 지금 내 모습도 아름다워 보일 수 있을까. 꽃 아래에서는 왁자지껄 웃고 있지만 저 아이들, 평소에는 시험 스트레스나 고민도 많지 않을까.

그래도 멀리서 보면 예뻐 보이기만 해서 '그 자체로 괜찮아' 하고 나 혼자 제멋대로 생각했다. 나도 남이 나를 예쁘게 봤다 치고 스스로 '그 자체로 괜찮아' 하고 속삭여본다.

날씨를 즐길 권리

　　아이도 할머니도 아저씨도 아주머니도 학생들도, 너도 나도 벚꽃 아래에서 사진을 찍는다. 겨울이 끝나갈 즈음 약간의 쌀쌀함을 넓은 따스함이 이기기 시작할 때면, 모두가 이 햇살을 즐기러 세상 밖을 나온다. 자전거를 타고, 얇은 목도리를 두르고, 가방을 가볍게 하고, 약간 화사한 옷을 입고… 꽃을 보러 나온다. 단지 꽃을 보러, 해를 얻으러.

　　난 정말이지, 이런 풍경이 너무나 좋다. 모든 사람들이 아름다운 날씨를 즐길 권리가 있다. 난 그 권리를 누렸고, 새로운 풍경이 또 날 행복하게 했다. 나는 그런 느낌을 모으고 모아 살아갈 힘을 얻는 사람이다. 그 어떤 것보다 몸에 좋은 봄이다.

초록이라는
행복

도시를 걷다가 초록을 발견하면 무작정 기뻐진다. 서울에 오기 전에는 산에 살았기 때문인지 산에 가는 걸 정말 좋아하는데, 지방의 유명한 국립공원에 갈 정도의 성실함은 없어서, 동네에서 가장 가까운 공원이나 뒷산에 자주 갔다. 등산복이랄 것도 없이 그냥 아무 신발, 아무 옷을 입고 가뿐하게 빨리 다녀오는 걸 좋아했다.

심심하면 천장산이나 낙산공원에 많이 갔고, 서울에서는 집에서 거리가 있어도 남산공원에 가기를 제일 좋아했다. 한번은 대학교 학점도, 연애도, 알바 문제도 지독하게 내 마음대로 잘 안됐던 날에 미친듯이 남산 정상까지 달리듯 올라갔던 적이 있었다. 그냥 나무와 도시와 사람을 보면서 그 도시의 생경함에 숨가쁜 자극을 느끼고 집에 돌아와서 샤워를 하고 누웠는데, 말로 설명하기 힘든 가뿐하고 기쁜 감정을 느꼈었다.

그날 후로는 힘든 일이 생기면 일단 남산에 가는 게 내 삶의 루틴이 되었다.

억지로라도 시간을 내서 혼자 남산으로 향했다. 명동이나 동대입구 쪽에 내려서, 케이블카를 타지 않고 걸어서 정상까지 올라간다. 지도 없이 발 닿는 대로 무작정 올라간다. 정상에 도착하면 조금 둘러보고 다시 그 길을 걸어 내려왔다. 정상을 보는 것보다 올라가고 내려오는 그 과정을 좋아했다. 등산하는 기분으로 땀을 흘리는 느낌이 좋았다. 산이 아니면 느낄 수 없는 그런 개운함이 분명히 있었다.

남산을 좋아했던 만큼 남산 주변의 마을도 좋아했다. 남산 바로 근처에 한적한 동네로 후암동과 소월길이 있다. 이 마을엔 크고 오래된, 할아버지 같고 나의 조상님 같은 그런 나무들이 많아서 너무 좋다. 나는 시골에 살 때보다도, 후암동을 다닌 이후로 거의 처음으로 나무와 나뭇잎을 열심히 그리기 시작했었다. 앞의 그림 속 나무들은 내가 이 그림을 그린 지 얼마 지나지 않아, 가지치기를 당하고 전부 베어져버렸다.

미군기지가 있던 후암동의 넓은 지부에 언젠가 공원이 들어선다고 하는데, 나무들과 함께 할 수 있는 공간이 더 넓어진다면 이 도시의 사람들은 분명히 그만큼 더 행복해질 거라 믿는다.

도쿄에 딱 한 번 짧게 여행간 적이 있다. 여러 군데를 둘러보긴 했지만 내가 제일 가보고 싶었던 곳은 진보초 고서점 거리였다. 우연히 SNS에서 이런 곳이 있다는 걸 알고 버킷리스트에 넣어두었는데 내가 도착했을 때는 늦은 저녁이어서 이미 문 닫은 곳이 많았다. 그래도 '세계 최대 책의 거리'라는 이름에 걸맞게 그 시간에도 구경할 수 있는 서점이 꽤 있었다.

고서점 거리에는 오래된 책만 파는 곳, 지도 관련 서적만 파는 곳, 고양이에 관한 서적만 파는 곳, 아트 서적만 파는 곳, 장난감을 파는 곳, 우키요에만 파는 곳은 물론 액자와 그림만 파는 곳도 있었다. 헌책방이 수십 개 늘어진 것이 아니라 상점마다 각자의 주제가 있다는 점이 너무 좋았다. 일본어를 모르기 때문에 일반 서점을 구경하기 힘들기도 했지만 그림책이나 그림만 파는 곳은 너무 가슴이 뛰어서 그런 곳이라면 다 들어가서 구경했다. 어리둥절하고 설레는 마음으로 구경 또 구경했다.

그림을 파는 가게라니. 갤러리나 서점과는 또 전혀 다른, 앤티크하고 정겹고 기분 좋은 느낌이었다. 대부분 헌책이었기 때문에 비싸지 않은 책이 많았다. 기회가 된다면 우리나라에서 그림책 가게를 해보고 싶다는 생각도 들었다.

　　이 여행을 갔을 때는 그런 생각을 했는데 몇 년이 지나 서울 곳곳에 그림책 가게들이 생긴 걸 많이 발견했다. 그럼에도 이곳에 다시 가고 싶다. 거리 곳곳에 그림 서점이 가득한 이 분위기를 다시 느끼고 싶다. 일본어를 공부하고 있으니 다시 방문하면 이 거리를 더 즐길 수 있으리라.

발
견
의
즐
거
움

　나는 추천 산책코스는 별로 좋아하지 않는다. 미리 알아보고 가면 흥미가
떨어지고, 기대를 하게 되어서 싫다. 기대를 하면 실망도 쉽게 찾아오기 때문에, 완
전히 '무'의 상태에서 걸어다니는 걸 좋아한다.

　살고 있는 동네에서 한 번도 안 가본 골목길로 들어가 보거나 한 번도 안 가
본 지하철역을 골라 내려서 돌아다니는 것이 나에게는 더 재미있다. '그곳에 사는
사람이 아니라면 절대 지나갈 일이 없을 것 같은 길'의 느낌을 주는 곳이라면 무조
건 들어가 본다. 유명한 관광지에 가더라도 미리 조사를 하는 건 좋아하지 않는다.
잘 모르고 가기 때문에 생기는 갑작스러운 일들이 더 재미있다.

　이런 성향 때문에 내가 손님을 맞이해서 가이드를 해야 하거나, 계획을 짜
고 돌아다니길 좋아하는 사람과의 동행은 늘 긴장되고 땀이 난다. 한번은 충무로에
혼자 갔다가 그 길이 너무 좋아서 친구를 데려간 적이 있는데, "아무것도 없는데?"

37

하는 반응에 소심해진 적이 있다. 혼자 갔을 땐 구석구석에 재미있는 것들이 분명 많았는데, 소개를 받는 입장에서는 뭔가 대단한 곳인가 하고 기대를 하지 않았나 싶다.

고향 친구 연미는 이런 면에서 나와 잘 맞다. 연미는 보통은 부산에서 지내고 지금은 외국에 나가 있다. 부산에 놀러 가면 항상 연미랑 발 닿는 대로 돌아다녔다. 함께 만나면 필름카메라를 들고 여기저기 돌아다니며 사진을 찍고 논다.

이 그림은 연미가 외국에 나가기 전에 서울에 들렀을 때 같이 산책하다 본 풍경이다. 오후 4시의 햇살을 잔뜩 받은 화분들과 가게 준비에 분주한 알바생의 모습, 그 풍경이 좋아서 잠깐 같이 구경을 했다. '너무 예쁘다' 하고 생각하는데, 연미도 "야, 여기 진짜 예쁘다" 하고 말했다. 동행을 별로 좋아하지 않지만. 연미와의 산책은 그립다.

연남동 사루카메 라멘집은 남편이 운영하는 식당이다. (지금은 일본에서 오신 셰프님이 도맡아 운영을 해주고 계시다.) 남편이 연남동에서 이 가게를 운영하고 있어서 나도 이 동네에 살게 되었다. 남편은 대기업을 다니다가 드라마 <심야식당>을 보고 요리에 빠져서 갑자기 사표를 내고 일본으로 가 음식을 배웠다고 한다. 매일 일본에서 라멘을 먹었고 새벽부터 밤까지 일본 라멘 가게에서 일했는데 그때는 그게 행복해서 지치지도 않았다고 한다.

결국 한국에 와서 라멘집을 차렸고 남편의 가게는 단골손님도 많이 생긴 나름 5년 차 유명한 식당이 되었다. 그런데도 아직 더 좋은 재료를 찾아다니고, 라멘과 관련된 영상을 찾아보고, 라멘 관련된 책을 사서 하루에 몇 번이고 펼쳐본다. 라멘 관련 서적만 우리집 책장 한 칸을 모두 채운다.

사실 요식업에 큰 관심이 없던 나는 남편의 이야기를 듣고 존경심마저 들었다. 하나의 음식을 이렇게까지 깊게 공부한다고? 이런 세계가 또 있구나 싶어서 그 모습이 놀라웠다. 이렇게나 노력하는데, 많은 사람들이 사랑해주는 가게가 되어서 다행이라 생각하고 있다.

웃기는 말일지 모르지만 진중하고 따뜻한 느낌의 가게는 단지 배를 채우거나 맛을 느끼는 것 이상으로 우리 생활에 너무나 중요한 역할을 하고 있다고 생각한다. 돌이켜봤을 때, 나는 분명히 도시에 사는 동안 많은 날들을 단골 식당이나 카페에 의존했다. 특히나 혼자 살았을 때는 더욱 그랬다. 식당이나 카페에서 친구를 만나고 공부를 하고 시간을 보내는 게 하루 중 제일 재밌고 온화한 기억이었다. 일하다가 지치면 빨리 단골 카페에 가고 싶다는 생각부터 든다. 단순히 끼니나 시간을 때우는 것에 그치지 않고 가게의 분위기에 따라, 개인의 취향에 따라 그곳에서 정서적인 위로와 안정을 느낀다. 흩어진 도시인들의 작은 두 번째 가정이자, 커뮤니티 같은 것이라고까지 생각한다.

남편의 가게가 매일매일 수십 명의 사람들에게 추억을 주고 위로를 주고 있다고 생각하니까 더 멋져 보인다. 남편을 만난 이후, 사루카메가 생긴 배경을 알고 나서는 나에게 또 다른 시선이 생겼다. 거리를 걷다가 느낌이 좋은 식당을 만나면, 이 가게의 사장님은 어떤 인생을 살았을까? 어떤 사연이 있으려나? 하고 한 번쯤 상상해보게 된다.

'멋진 공간을 위해 노력해주셔서 감사합니다' 하고 마음으로 속삭여보게 된다.

나뭇잎의 그림자 사이로 빛나는 빛을 그릴 때마다 이 모습을 표현하는 단어가 없을까 궁금했는데 검색해 보니 있었다. 우리나라 말로 '볕뉘'라고 한다.

뜻풀이는
1. 작은 틈을 통하여 잠시 비치는 햇볕
2. 그늘진 곳에 미치는 조그마한 햇볕의 기운
3. 다른 사람으로부터 받는 보살핌이나 보호

평생 처음 들어본 말이지만 왠지 익숙한 기분이다. 2번의 뜻풀이가 유난히 예쁘다. 이제 '나무 사이로 새어 나오는 햇볕이 예쁘다'고 말할 것을, '볕뉘가 예쁘다' 하고 말할 수 있게 되었다.

별뉘가 쏟아지는 시간대에 하교하는 학생들을 그렸다. 산책을 하는데, 그 중에 한 학생이 길 건너편 여자아이를 보느라 자전거를 굴리던 발이 살짝 주춤했던 모습을 봤다. 너무 귀여워서 집에 와서 꼭 그려야겠다고 생각했다. 나는 내가 본 것에 장난을 조금 더 넣어서, 검은 티를 입은 다른 남학생의 볼도 발그레하게 해주었다. 그림을 그리면서도 삼각관계일까 뭘까 하고 스스로도 궁금해했다.

반짝이는 별뉘 아래로 여자아이를 훔쳐보는 남학생이라니. 정말 귀한 장면이지 않은가. 본인들은 사랑일지 아닐지 모르지만 내 멋대로 '첫사랑'이라는 이름을 붙인 것은 그 모습을 더 아름다워 보이게 하려 한 꼼수다.

매일 다니는 출근길에, 편하게 바뀐 교복을 입은 학생들을 그렸다. 영화같이 예쁜 장면이지만, 사실은 이 동네에서는 흔하디흔한 풍경 중 하나다. 좋은 날씨에, 좋은 길을 천천히 걷는 모든 사람들은 사실은 다 아무도 찍어주지 않는 영화 속에 살고 있는 것 같다.

5월이 장미의 계절이라면 6, 7월은 능소화의 계절이다. 코랄빛 선홍색은 물론 짙은 초록 잎도 너무 예쁘다. 도시에서 볼 수 있는 꽃들 중 이름을 알고 있는 것은 개망초, 고들빼기, 민들레, 조팝나무, 앵초, 능소화 정도인데 고작 이 정도라도 산책하다 이 친구들을 만나면 "벌써 개망초가 피는 계절이 왔네!" 하며 반가운 척을 할수 있다. 딱 그뿐인 장점을 위해서라도, 꽃의 이름들을 더 알아보고 싶다.

       집에서 5분 정도 걸어가면 보이는 어느 학교의 뒷문 풍경이다. 시험기간에는 아이들이 더 일찍 하교를 한다. 학교 뒤뜰, 평소엔 늘 수업을 듣던 시간에 학교 밖을 나오는 생소함, 또 내일 시험을 준비해야 하는 중압감과 친구들과 서로 문제의 답을 맞춰보느라 어수선한 마음을 가졌던 그때 그 시간대를 기억하고 있다. 그로부터 십여 년 후 시험이 없는 오후 세 시를 즐길 수 있는 어른이 된 것이 좋다! 이제는 시험이 아니라 마감이 있을 뿐이지만….

고
양
이
　
이
웃

　　친구와 염리동에 살았을 때 우리집은 막다른 골목길에 있었는데, 작은 자동차도 들어오기 힘든 좁은 골목에, 작은 집들이 다닥다닥 있는 곳이어서 집과 집 사이 1층 높이의 담들이 집주변으로 얼기설기 서로 붙어서 이어져 있었다. 우리집은 1층이었는데 뒷집과 우리집을 구분 짓는 담장이 내 방 창문을 3분의 2 정도 막고 있었다.

　　그 낮은 담들 위로는 동네 길고양이들이 자주 지나다녔다. 오후에는 담장 위를 유유히 걸어가는 고양이 실루엣이 역광으로 창밖에 비쳤고, 한번은 창문을 열어뒀는데 고양이가 내 방 안을 들여다본 적도 있었다.

　　옆집에는 낡은 녹색 대문에 꽤 큰 대추나무가 있던 단독주택이 있었는데, 항상 대문이 조금 열려 있었다. 그 문과 담장으로도 고양이들이 지나다녔다. 그림은 옆집 안뜰에서 만난 고양이다.

우리집이 있던 염리동 골목에는 캣맘들이 챙겨주는 고양이 사료들이 여기 저기 있었다. 우리집에서 바로 몇 미터 떨어진 골목 외진 곳에도 누군가 놓아두는 사료와 물이 있었다. 그래서 더 길고양이가 자주 보였던 게 아닐까 싶다. 우리집 담장은 거기로 통하는 지름길 중 하나이지 않았을까 생각한다.

밥그릇은 하나였는데, 양쪽 골목에서 같은 시간에 온 고양이 두 마리가 서로 견제하고 싸우는 것도 종종 봤다. 염리동에서 연남동으로 이사 가게 됐을 즈음 고양이 사료를 두던 어떤 카페는 폐업하고 새로운 가게 인테리어 공사가 한창이었다. 사료 싸움이 더 치열해지진 않았을지, 다들 어떻게 지내고 있을지 조금은 걱정이 된다.

비가 오는 날

골목마다

얕은 처마 밑에는

비를 피한

작은 생명체들이

허공을 바라보고 있다는 것을

알고 있었습니다.

어서 이 눈이 녹고 따뜻한 날이 곧 오길 바라.

해줄 수 있는 게 많이 없어서 미안해.

약 8년 전, 엄마가 지인으로부터 새끼 고양이를 받아왔다. 부모님 댁은 산골 중의 산골에 있어서 강아지는 항상 키워봤지만, 고양이와 함께 살게 된 것은 그게 처음이었다. 이름은 별이라고 지어주었다. 일 년에 한두 번 명절에 집에 내려가 보면, 별이가 새끼를 낳고 그 새끼가 자라 또 새끼를 낳아 아기 고양이들도 많았다.

고양이의 매력에 대해 익히 들어 알고는 있었지만, 실제로 보고 만지며 느끼는 고양이의 매력은 그야말로 차원이 다른 것이었다. 보면 볼수록 너무 귀여워서 늘 집사가 되고 싶었고 서울로 데려오고 싶었지만 경제력이 없어 한동안 그럴 수 없었다. 그러다 29살에 결혼을 하게 되면서 남편의 제안으로 덜컥 지인으로부터 고양이를 입양하게 되었다. 지금 나는 토니, 토르 두 마리의 고양이와 살고 있는데 그 중 토르는 길고양이 출신이다.

부모님 댁에도 고양이가 있었음에도 더 본격적으로 관심을 갖게 된 건 실제로 내가 집고양이를 기르면서부터다. 특히 길고양이였던 토르를 입양하게 된 계기로 나도 집 주변 길고양이들의 밥을 챙겨 주게 되었다. 작업실에 자주 찾아오던 길고양이가 있었는데, 그 모습이나 성격이 토르와 정말 닮았었다. 토르 생각이 나서 한번 밥을 챙겨 주었다가, 그날 이후로 아이들 밥을 챙기는 게 매일매일 나의 일과가 된 것이다. 아침에 일어나면 함께 사는 고양이들에게 밥을 주고, 작업실에 출근해서 길고양이들의 밥 그릇을 채우고, 퇴근해서 또 집 근처 길고양이들의 밥그릇을 채우고 있다. '경제력이 생기니까 이런 일도 할 수 있네' 하고 내심 뿌듯해한다.

아이들에게 밥을 주는 이유는 하나다. 고양이에 관심을 갖게 되고 내가 고양이와 살 부대끼며 살게 되면서, 사랑받는 고양이들, 고양이에게 호의적인 마을에 사는 고양이들은 사람을 무서워하지 않는다는 걸 알아차렸기 때문이다. 반면에 내가 길에서 만난 고양이들은 대부분 늘 숨고, 도망가고, 두려워했었다는 게 내 눈에 보이기 시작했기 때문이다. 오직 인간을 위한 건물과 규칙들로 둘러싸인 세상에 태어나, 도망 다니고 숨게 만든 것이 미안해서다.

많은 배관과 콘크리트가 이곳을 점령했지만 확실한 것은 이 콘트리트 위에 사는 것이 인간만이 아니라는 걸 언제부턴가 알게 되었기 때문이다. 그들도 이곳에서 태어났고, 태어났기에 살아가야 하기 때문이다. 오직 우리의 것으로 둘러싸인 세계에 대한 미안함의 표현이다.

길고양이에게 밥을 주는 것의 사회적인 목적으로 TNR•을 하기 위한 것도 있는데, 몇 번 시도는 해봤지만 아이들이 너무 빨리 도망가서 좀처럼 쉽지는 않았다. 한동안 소식이 없다가, 어느 날 중성화하고 돌아온 아이들이 밥을 먹으러 오는 경우도 몇 번 있었다. 다들 어딘가에서 노력하고 있나 보다. 나도 친해지려 조금씩 조금씩 노력 중이다. 아무튼 매일 사료가 싹싹 비워지는 것을 보면 기쁘다. TNR도 성공하고 싶고, 할 수 있는 데까지는 사료 주기도 계속 해보려고 한다.

• Trap-Neuter-Return, 길고양이의 개체수를 적절하게 유지하기 위해서 길고양이를 인도적인 방법으로 포획하여 중성화수술 후 원래 포획한 장소에 풀어주는 활동

너를 기억해

2021년이란 때에 이 거리를 살고 있는 너희를 기억해.

이 그림으로 담아두면 잊히지 않는 고양이로 남을 수 있을까.

작게 태어나,

욕심 없이 사는 것.

그
냥
,
피
어
나
는
것

겨울이 끝나고 봄을 알리는 많은 징조들 중 하나로 보도블럭이나 건물 틈 새에 초록색이 보이는 순간을 느낄 때면, 그야말로 기쁘다. 시골이었다면 잡초가 워 낙 무성해서 늘 제거 대상 1호지만, 도시라서 그런가. 나는 보도블럭 틈바구니로 피어난 이름 없는 풀들을 보면 그렇게 신기하고 반갑다.

길가에 핀 풀들은 개망초나 고들빼기 정도밖에 이름을 모른다. 다른 풀들 은 그냥 잡초로 인식하는데, 가까이서 들여다보면 종류가 얼마나 많은지 모두 다르 게 생겼다. 멀리서 보면 짙은 초록인데, 가까이서 보면 그 초록의 정도마저 조금씩 다르다. 이름이 있을까? 궁금해진다.

자세히 들여다보면 흙도 거의 없는데 잎을 피운 녀석들도 보인다. 이렇게 조그맣고 다양한 식물들은 도대체 어찌 알고 여기 자리 잡아 잎을 피우기로 하였을까? 여기에서 살기로 정했다면 크기도 더 키울 수 없을 텐데. 아니 애초에 이곳에 자리 잡을 애들이라면 더 커지는 것이 중요하지 않은 종의 잡초인 걸까? 원래 작은 아이들만 이곳에서 필 수 있었던 것인지.

　　여기에 있는 흙이라고 해봤자 깊지도 않고 풍부하지도 않고 그저 도시에서 떠돌다가 끼어버린 먼지들이었을 텐데. 이것도 흙이라고 잎이 피어난 게 대단하다고 느껴진다. 가끔 어떤 꽃들은 건물 벽 틈바구니에 정말 한 송이만 톡 피어 있는데, 아무리 샅샅이 뒤져봐도 흙이라고는 보이지 않기도 한다. 그 모습이 그저 욕심 없어 보인다. 그야말로 자연스럽기 그지없다. 좁아도 불평하지 않고 '그냥' 피어나는 것. 살고자 하는 열망이나 의지보다는 딱히 재고 따지지 않아도 이곳에 살기로 한 것이 당연하고 자연스러운 과정이었음이 느껴진다. 이 풀들은 스스로가 강할 것도 약할 것도 없는데, 힘들다거나 즐겁다거나 하지도 않을 텐데, 경이로움이나 안쓰러움을 느끼는 건 단지 내가 인간의 눈을 가져서인지도 모르겠다.

산 책 의 시 작

산책을 언제부터 좋아했는지는 정확히 기억나지 않지만, 산책하며 행복을
느꼈던 순간들은 선명히 기억한다.

첫 번째 기억은 중학생 때다. 내가 다니던 학교는 읍내에서 조금 떨어진
곳에 있었는데 읍내로 통하는 길은 양 옆으로 인도가 딸린 2차선 도로 하나뿐이
었다. 전교생이 모두 그 길로 등하교를 했다. 같은 길로 등하교를 한 지 1년이 채
되지 않을 즈음 나는 반복되는 풍경에 흥미를 잃고 친구들에게 읍내로 가는 다
른 길을 찾아보자고 꼬드겼다. 우리는 학교 뒤편의 쓰레기장과 창고 근처에 울타
리가 조금 찢어진 곳을 찾아냈다. 그 구멍을 기어가자 커다란 밭이 펼쳐졌다. 선
생님에게 걸리지 않을까, 어른들에게 혼나지 않을까 하는 고민을 호기심이 이긴
순간 무작정 밭을 가로질러 도망가듯 내달렸다.

밭을 나오자 처음 보는 어떤 작은 동네가 나타났고 말로만 듣던 옆 학교
남자 중학교의 후문으로 이어지는 길이 보였다. 그 길을 지나자 오르막길과 내리막

길이 미로처럼 얽힌 언덕진 마을을 만났다. 무작정 읍내라고 생각되는 방향으로 걷다가 내리막길 저 끝에 익숙한 풍경이 보였다. 읍내로 향하는, 매일 등하교를 하던 그 큰 길의 마지막 부근이었다. 탐험 끝에 아는 길이 나오자 내 세계의 지도에서 미지로 남아 있던 곳에 새 길이 그려졌다. 더 큰 세계가 이제 내 것이 되었다는 생각에 흡족한 마음이 들었다. 아무도 모르지만 우리만 아는 세계를 손에 쥔 느낌이었다. 울타리가 조금 찢어진 그 장소를 우리는 개구멍이 아닌 '멍구개'라고 부르며 우리만의 비밀을 만들었다. 아무도 모르는 길을 우리만 안다는 게 너무 재미있었고 그때부터 심심할 때면 항상 그 길로 하교를 했었다. 내 발로 직접 새로운 풍경을 찾아나서는 것에 매료된 첫 기억이다.

나는 읍내에서 버스를 타고 20~30분은 가야 마을이 나오는 산골에 살았기 때문에 읍내에 도착하고 나서도 버스를 두 시간이나 더 기다려야 했다. 그 시간 동안 나는 친구들과 공공도서관에서 시간을 때우면서 도서관 근처를 구경했고, 읍내에서 안 가본 길이 있으면 구경하러 갔다. 읍내가 워낙 작아서 새로운 길을 찾기는 쉽지 않았지만, 새 풍경을 찾을 때마다 나의 폭이 넓어지는 듯한 기쁨을 느꼈다. 그런 소소한 즐거움이 나를 설레게 했다.

집에 가는 버스를 기다리기 지칠 때는 내가 타야 하는 버스보다 한 시간 반 일찍 출발하는 대신, 우리집보다 4km 정도 떨어진 곳에 내려주는 버스를 타기도 했다. 그런 날엔 엄마 아빠는 왜 거기를 고생스럽게 걸어오냐며 걱정하시기도 했지만, 나는 그 시골길을 정말 재미있어 했다. 눈에 보이는 것이라곤 산, 논, 밭, 나무, 오솔길, 개천, 띄엄띄엄 자리한 농가들이 전부다. 그래도 혼자 새로운 길을 개척하면서, 카메라를 들고 사진을 찍으면서 걷는 그 시간을 행복해했다. 어떤 날은 논

두렁으로 가고, 어떤 날은 큰 길로만 가고, 어떤 날은 옆 마을을 가로질러갔다. 10대 소녀시절 나는『빨강머리 앤』소설을 제일 좋아했는데, 옆 마을을 지나갈 때 좁은 길의 양옆으로 엄청나게 큰 나무가 가로수처럼 넘실대는 오솔길이 있었고, 그 길을 지날 때마다 책 속을 걷는 기분이라며 즐거워했다. 나는 그 오솔길에서 혼자 이것저것 생각하고, 풍경을 바라보고 나무의 변화를 보는 게 좋았다.

고등학교에 올라가고 나서는 기숙사에 살았던 데다 공부를 꽤 열심히 했기 때문에 여가 시간에 대한 기억이 많지는 않다. 기껏 놀러 나가봤자 저녁 시간에 짬을 내서 친구들과 학교 주변의 하천 위로 난 다리를 걷는다든가, 읍내 마트에 다녀온다든가 하는 정도였다. 그래도 나는 그 순간들을 모두 생생히 기억하고 있다. 아무것도 아닌 것 같은 순간이지만, 잠깐씩 만났던 그때 바깥 세상의 공기를 사랑했었다. 조용하게 노을이 질 때 하늘의 색과 시골 냄새, 파란 저녁을 배경으로 분식을 사 먹는 친구들 무리, 쉬는 시간 계절마다 변하는 꽃나무를 보러 나와 사진을 찍고, 친구들과 미래에 대한 이야기를 가득 나누었다. 가벼운 산책에서 얻은 공기로 추억을 만들며 갑갑한 입시를 견딜 수 있었다.

서울 이방인의 도시 산책

그랬던 내가 스무 살이 되어 대학 입학 때문에 서울에서 혼자 자취를 하게 됐다. 산책을 본격적으로 즐기기 시작한 건, 서울에서 대학생활을 시작하면서부터다. 산책을 좋아하는 기질이 다분했지만, 부모님과 살면서 주 5일 학교를 다니는

후암동 2016. 제일 처음 그린 '풍경 그림'

생활에선 자신이 산책을 좋아하는지 아닌지 판가름할 경험 자체가 양적으로 부족했을 것이다. 자취를 시작하자, 내가 선택할 수 있는 자유와 시간이 늘어났다. 산책을 좋아하던 기질과 자유로운 시간이 만나 나는 내가 세상을 관찰하고, 걷고, 공기를 느끼는 것을 좋아하는 사람이라는 것을 그때서야 슬금슬금 인지하기 시작했다. 대학교 1학년 때 도서관에서 헨리 데이비드 소로우의 『산책』을 읽고, 산책과 관련된 책을 더 여러 권 찾아보았고, '산책이란 진지하게 나의 취미이자 중요한 행위라고 세상에 공언해도 되는 것이구나. 인정해도 되는 것이구나' 하고 알게 되었다. 산책은 나에게 단순한 즐거움이 아니라 아주 중요한 즐거움이라는 것을 깨달은 것이다. 그렇게 생각하기까지는 '서울'이라는 아주 커다란 무대도 뒷받침이 되어주었다.

지방에 살 때에도 서울에 몇 번 놀러 온 적은 있었지만 그럼에도 이 도시는 생소하고 커다란 곳이었기 때문에 설렘과 궁금증이 많았다. 처음 1~2년은 친구들 따라 선배들 따라 대학가를 중심으로 놀러 다녔는데, 나는 도시 생활과 자유로운 자취가 너무 좋아서 학교 활동을 하루도 쉬지 않고 바쁘게 시간을 보냈다. 매일 술을 마시고, 동아리 활동, 학생회 활동을 했다. 그걸 1~2년 하다 보니 혼자만의 시간이 필요했고 혼자 이곳저곳 돌아다니다 산책을 점점 자주 다녔고 산책을 가는 범위도 넓혀갔다.

서울은 구경할 곳이 너무 많았다. 나는 산책을 '서울여행'이라고 부르고 일부러 시간을 내어 혼자서 엄청나게 돌아다녔다. 자취하던 이문동 주변의 회기, 돌곶이, 석관동, 장위동의 길들은 아직도 생생하다. 중랑천, 왕십리, 청량리동, 안암동 역시 자주 갔고, 버스를 타고 혜화역에 내려서 혜화동 주변도 많이 돌아다녔다. 우연히 성북동을 알게 된 후로 성북동을 일부러 많이 찾아가기도 했다. 너무 힘들었던 날에 남산을 올라갔다가 큰 위로를 받은 이후로 힘든 일, 감당하기 버거운 일만 생기면 남산으로 향했다. 종로, 종각, 청계천, 광화문, 서촌, 삼청동, 필동은 제일 좋아했던 서울여행 장소 중 하나다. 집 주변인 이문동에 없는 세련되고 예쁜 가게들을 보는 걸 좋아했다. 종로와 이어지는 시청과 을지로, 명동에도 자주 갔는데 도시의 중심을 돌아다니면서 사람들이 살아가는 걸 구경했다. 남산을 둘러싼 후암동, 이태원, 약수동, 충무로에도 자주 갔다. 강남 쪽은 갈 일이 없어서 미지의 공간이었는데, 이촌역에서 알바를 하게 됐을 때 주변 구경을 자주 할 수 있었다. 대학교를 졸업하고 신림동으로 이사를 가면서 관악구 주변을 샅샅이 돌아다녔다. 대학생 때는 정치학을 전공했지만 미술에 대한 선망이 있었기 때문에 홍대 쪽은 이유도 없이 자주 방문했다.

　　내가 서울을 돌아다닌 산책을 '서울여행'이라고 부른 또 다른 이유는, 내가 서울에 대해 이방인이기 때문에 가능했을 것이다. 한번은 광화문에 갔는데, 서울에 여행 온 외국인들의 생경함과 기쁨에 빠진 눈동자를 본 순간 그런 생각이 들었다. '나도 저 사람들처럼 여행해보자'라고. 내가 다른 나라에 가면 그 수도를 여행하듯, 나는 우리나라의 수도를 여행해보는 것이다. 해외여행을 갈 정도의 여유가 없을 때, 서울여행은 5,000원만 있어도 언제든 떠날 수 있었다. 가까운 산책이라면 한푼이 없어도, 이동시간이 없어도 떠날 수 있는 여행이었다. 나는 그게 서울에서 대학 생활을 하게 된 나의 특혜라고 생각하며 즐기기로 한 것이다.

　　그렇게나 자주 서울을 돌아다녔지만 전체적인 지리나 지역 이름을 잘 알지는 못했다. 나는 그저 발이 닿는 대로, 무계획적으로 걷는 사람이라 내가 가본 그곳이 그곳이었는지 나중에 알게 되는 경우가 많았다. 나는 미리 알아보지 않고

후암동 가로수 2016

산책을 하는 게 더 즐거웠다. 그 느낌을 위해서 유명한 장소나 산책로를 찾아다니지 않았다. 그냥 아무데나 걸었다.

서울의 풍경은 일관적이지 않았다. 빌라가 많은 길이 있는가 하면 어느 코너를 돌면 갑자기 세련된 길이 나타났다. 빌딩숲처럼 보이는데 그 사이사이에 노포라든가 예상치 못한 상가들이 나타났다. 여기저기 작은 천과 산책로들이 있었고 아무도 모를 법한 곳에 으리으리하고 멋진 구옥들이 있었다. 그런 풍경들은 언제나 갑자기 나타났다. 모든 게 새로웠다. 영화 속 장면 같았고 만화 속 순간 같았다. 나는 생경함을 잘 찾는 사람이었고, 어디를 갔다 봐도 그럭저럭 감탄할 수 있었다. '저 골목은 뭔가 있다'고 느끼면 아무데나 들이닥쳤던 산책자였다. 그렇기에 더 즐길 수 있었던 건지도 모른다. 기대하지 않았기에, 계획이 없었기에 그 풍경들이 놀라웠는지도 모른다. 아직도 나에게 이 도시의 이미지는 수백만 장으로도 모자라다. 지금 이 글을 쓰는 이 순간도 '그 동네 그 길 쪽으로 들어가봐야 하는데' 하고 미뤄둔 산책 예정지가 수십 군데나 떠오른다.

Part 02.
나 자신과
잘 지내고 싶어서

멀리서 봤기 때문에 아름다운 것이 있다. 깊게 개입하지 않기 때문에 아름다운 것이 있다.

시간을 두고, 거리를 뒀기 때문에 이해되는 것들이 있다.

이런 시선으로 내 삶을 보기도 한다. 나는 되도록 멀리서 나를 보려고 한다. 내가 남을 볼 때

그들의 고통이 보이지 않듯이, 지금 나의 고통을 내가 볼 수 없도록 세상과 거리를 두는 것

이 나에게는 삶의 한 요령이었다.

불광천에서 조금 걸어 들어가 정말 예상치도 못한 곳에서 발견한 아주 예쁜 서점. 우연히 발견한 이곳을 보자마자 '동화 같아' 하고 생각했다. 벚꽃, 주황빛 벽돌과 초록 차양을 가진 '책방 이웃'이라는 서점. 그리고 거짓말처럼 다가온 고양이 한 마리. 너무나도 완벽한 조용함. 이곳에서 나쓰메 소세키의 『인생의 이야기』라는 책을 집어왔다. 천천히 읽어야지.

봄날의 산책은 남은 일 년을 살아갈 힘을 준다.

장을 간단히 보고 집에 들어가는 길에 동네를 돌아다니다가 'SPRING FLARE'라는 책방에 들어갔다. 홍대 근처라서 그런지 최근에 이런 것이 많이 생긴 것인지, 이렇게 가까이 책방이 있는 건 처음이었다.

동네에 이런 예술 서점이 있어서 좋았다. 관심 가는 책들도 많고, 큰 서점을 이리저리 돌아다니면 필요 이상으로 넓어서 좀 피로해질 때도 있는데 여기엔 내가 좋아하는 것들이 많이 모여 있어서 즐겁게 구경할 수 있었다.

예전에 읽다 말았던, 갖고 싶던 책인 『우연한 걸작』과 구경하다 발견한 책 『알고 싶지 않은 것들』 두 권을 샀다. 우연한 걸작은 정말 재미있다. 예술의 사조를 따지거나 평가하기 전에, 예술을 향한 단순한 즐거움과 열정적인 애정에 대한 이야기로 가득하다. 그런 가벼운 즐거움만으로도 예술은 아름다울 수 있고 또 충분하다고 이야기한다. 단순한 즐거움 그 자체에 점점 공감하고 관심 갖게 되던 차에 이 책을 다시 읽게 된 게 운명처럼 느껴졌다. 언젠가, 산책에 대한 내 단순한 기쁨이 담긴 이 책이 여기에 놓이는 것을 볼 수 있을까?

p.s 앞의 그림은 스프링 플레어 인스타그램의 사진을 보고 그렸다.

아름다움은
멀리 있지 않다

스크린을 들여다보는 삶이 지나칠 정도로 익숙하다.

어릴 때에는 컴퓨터나 TV를 보는 것 정도였다고 치면 과하지 않을 수도 있는데, 스물한 살 때 스마트폰을 처음 쓴 이후로는 벌써 10년째 스마트폰으로 남들이 어떻게 살아가는지 실시간으로 확인하고, 보고받고 있다. 고민이 생기면 유튜브에서 비슷한 고민 이야기를 대충 들어보고 댓글을 보고, 하고 싶은 일이 있으면 또 유튜브에서 대리만족을 하는데, 검색하여 얻은 결과들의 총체가 나에게 문제의 해답이 되어주기는커녕 오히려 머리가 팽팽하고 답답해지고 물음표는 더욱 커져가는 느낌을 받는다. 이 일은 이제 너무 익숙해져서, 스마트폰이 손에 있는 한 혼자 사색하는 게 거의 불가능한 지경에 이른 것 같다.

하지만 혼자 사색할 시간은 반.드.시. 필요하다. '답답하고 머리가 꽉 막혔다'고 느끼면 나가서 걸어야 한다. 단지 날씨를 느끼려고 산책을 나갈 때도 있지만, 나는 생각이 너무 많아서 산책을 나가는 경우가 더 많다. 일하기 싫다거나 그림이 너무 어렵다거나, 누군가에 대한 질투심이라든가 돈 문제라든가. 하고 싶은 일이 있는데 내가 자격이 없다고 느껴질 때, 이상한 사람의 메시지를 받았을 때, 세상이 돌아가는 모습이 갑자기 이해가 되지 않을 때, 세상은 왜 이럴까? 나는 왜 이럴까? 하면서 물음표가 너무 많으면 도저히 혼자 있는 것이 감당이 안 돼서 일단 나간다.

가좌 쪽으로 이어진 연남동 끝에는 지하철역이 저 멀리 있는 탓에 마을버스만이 다니는 한적한 느낌의 거리가 있다. 정체를 모르겠는 긴 벽돌 건물과 파란 은행나무 가로수, 그리고 하원하고 엄마 혹은 이모를 만난 아이들이 있다.

아름다움은 멀리 있지 않다. 온 세상의 정보를 다 알게 되는 것이 과연 좋은 일인지 모르겠다. 때로는 너무 먼 곳의 소식은 불필요하다. 오히려 가까이 있는 것이 더 믿음직스러울 때가 있다. 어떻게 그럴 수 있는지는 모르겠지만 걸으면 반드시 진정이 된다. 이상하게도, SNS나 미디어 같은 걸 보면 머리가 꽉 막히는데, 그냥 길가에 사람들이 살아가는 모습을 보면 잘 살아야겠다는 생각이 든다.

'아, 다들 살고 있구나. 나도 괜찮을 거야' 하는 생각이 들면서 위로를 얻는다. 앞으로도 이 감각을 더 믿었으면 한다.

화창했던 어느 봄날에 경의선 숲길을 산책하며 만난 모습이다. 작은 마늘 트럭이 세워졌고 지나가던 할머니, 아주머니들이 트럭에 몰려들었다. 바로 옆에는 방앗간이 있다. 어머니들은 여기에 마늘 트럭이 온다는 걸 알고 있구나.

이런 자연스러운 마을의 사이클은 어린 시절을 생각나게 한다. 매일 다니는 내가 사는 동네, 그리고 가장 평범한 사람들을 그린다는 것. 찰나의 순간이지만 이 그림을 통해 그날의 모습과 마음을 오래도록 담아두고 싶었다.

염리동
과일가게

지금은 이사를 와서 자주 가지 못하지만, 집에서 나와 1분 거리에 있던 염리동의 과일가게를 그렸다. '동구밭 과수원'이라는 곳이다. 봄에는 딸기를, 여름엔 참외와 수박과 복숭아를, 가을 겨울엔 사과와 토마토를 늘 사 먹던 곳. 어떤 가게는 일하시는 분이 화나 보여서 말 걸기도 어렵고 내가 눈치를 보게 되는 일이 많은데, 여기는 언제나 항상 친절하시다. 심지어 맛도 있었다. 한 팩만 사도 종종 덤으로 사과 하나를 얹어주시기도 했다.

이 그림을 내 인스타그램 계정에 올렸는데, '저희 가게를 그려주셔서 감사해요!' 하고 디엠을 받은 적이 있다. 그 후에 한 번도 간 적은 없는데 다시 방문하면 이 그림을 드리고 싶다.

대학생 때 동아리방에서 자주 놀던 우리는 가끔은 학교 안에 있는 편의점이 아닌, 조금 걸어 나가면 있는 구멍가게까지 가서 아이스크림, 음료수를 사 먹곤 했다. 손님이 갈 때마다 신나게 꼬리를 흔들던 하얀 발발이 강아지를 보기 위해서였다. 반짝이는 눈동자로 우리의 손길을 반기던 아이였다. 벌써 7-8년 전의 기억이다. 그때 무심코 찍었던 사진을 다시 꺼내 그때의 기억을 떠올리며 그렸다.

퇴근길엔 꼭 연남동 경의선 숲길을 지나치는데, 번화한 연남동에서 조금 벗어난 곳에는 놀러온 젊은 사람보다 오랫동안 이곳에 살아온 것 같은 어르신 분들이 많다.

경의선 숲길을 가로지르는 건널목엔 한여름인데 왜 피어 있는지 모를 분홍 코스모스 같은 꽃과, 산책하는 강아지들 그리고 바람 쐬러 나오시는 할머니들 네다섯 분이 늘 그 자리에 앉아 계신다. 지나가는 강아지들마다 '귀엽다', '예쁘다' 하시면서 천천히 시간을 보내고 급하지도 많지도 않은 대화를 주고받으신다.

작은 마실을 나오는 동네 사람들과 산책 나온 강아지들의 모습. 이 일이 매일매일 여기서 벌어졌을 거라 생각하면 갑자기 마음에 안도감 같은 것이 찾아온다.

연남동 경의선 숲길 제일 끝자락.

서울보다는 전원 같아 보이는 평화로운 곳.

마음에 따라
어느 순간이든

2019년을 보내고 2020년을 기다리면서, 2020년 한 해 동안 사용할 수 있는 달력을 만들었다. 첫 시작인 1월 페이지에 어떤 그림을 넣을까 고민하다가, 오랫동안 마음에 있던 이 풍경을 그리기로 했다.

해가 바뀌는 것은 늘, 새 출발을 의미하고 새로운 다짐과 큰 각오를 하게 하지만, 어떤 사람들에게 1월 1일은 12월 31일에 출근했던 곳과 똑같은 출근길을 쉬지 않고 밟아 나가는 날이고, 길에서 사는 냥이들에겐 어제만큼 추웠던 많은 겨울날들 중 하루에 불과할지도 모른다고 생각했다.

새로운 각오만큼 중요한 건, 늘 해오던 일을 매번 같은 자리에서 지켜오던 자기 자신과 다른 사람들에 대해 기억하고 감사한 마음을 가지는 것일지도 모른다. 그리고 이런 사람들은 우리가 상상할 수도 없을 정도로 많은 전 세계, 모든 골목길, 도시, 시골 어디에나 존재하고 있을 것이다.

인생은 해가 바뀌어도 사실은 어제와 같은 많은 날들이 이어지는 것이고, 동시에 새로운 변화 역시 자신의 마음에 따라 언제 어느 순간이든 시작될 수 있다고 생각한다. 그렇게 생각하면 한 해를 받아들이기 더 가볍지 않을까 하는 마음이 든다.

대낮도 아니고 노을도 아닌 애매한 서너 시에만 볼 수 있는 빛의 색이 있다. 네 시가 되면 세상은 쨍한 낮의 색과 붉은 노을의 딱 중간색, 살구색이나 레몬색, 밝은 노랑 언저리의 색으로 뭉근하게 물들기 시작한다. 이 빛은 방 안으로도 들어온다. 창틀이나 커튼이 비친 이 색을 보면, 불현듯 어린 시절 무언가를 처음 만났을 때의 경험 같은 것이 떠오른다. 그 시간에 친구들이랑 놀다가 집에 오면, 엄마도 아빠도 없어서 집이 살짝 어두웠다. 형광등을 켜기 전이라 창문 틈으로 들어온 햇빛만이 가득했다.

나는 그 창틀의 모습을 아직도 기억하고 있다. 그 햇빛 사이로 춤추던 먼지들의 모습을 기억한다. 그 기운이 따뜻해서 낮잠에 들었다가 깨면 어느새 엄마가 내 곁에 있었다. 추억이나 흐릿한 기억들은 이렇듯 온갖 사물에 사로잡혀 있다. 처음이라서 잊을 수 없는 것들이 잔뜩 있었던 그 시절이 그립다. 모두가 나를 사랑해주었던 시간이어서, 세상 자체에 대한 첫사랑을 품은 시기여서 그만큼 그때의 모습들이 내 안에 오래 남아 있는 것은 아닌지. 세상이 너무 어색하고 미숙하지만 있는 그대로 사랑받았던 시기이기에 아름다웠던 게 아닐지. 기억 속 오후 네 시의 빛에 그 시기가 묻어 있다.

나는 길에서 만난 사람들이 아름다워서 그림으로 남기지만, 당연하게도 대부분의 그림 속 당사자들은 그 사실을 모른다. 찾아가서 말 건 적도 없고 단지 나 혼자 그 기억을 베껴 와서 그리는 것이니까.

내 그림 속 한 장면이 그 사람들에게는 보통날 중 한순간일지도 모른다. 스스로 모습을 자각할 필요도 없는 일상적인 순간 중 하나다. 자각하지 않은 순간이라서, 매일 살고 있는 자연스러움과 무의식의 세계 그 자체이기 때문에 나는 그 모습이 아름답다고 느낀다.

많은 사람들이 이미 모두 아름답다고 생각한다. 가끔 그림을 인스타그램에 올리면 '우리 모습 같다'고 댓글을 남기시는 분들이 있다. 실제 당사자가 아니더라도 사람들이 내 그림에서 자신과 비슷한 뭔가를 발견하는 것이 기쁘다.

그림과 나의 거리가, 나와 세상과의 거리와 같다고 생각한다. 깊게 들어가고 싶지만 그렇게 하면 상처받을까 봐 두려워 멀리서만 바라보는 것이다. 하지만 그게 회피하는 것은 아니다. 너무 가까이에서 나 자신을 보면, 오히려 내가 보이지 않을 때가 있다. 그럴 때에는 자신 안에서 헤매게 된다. 너무 자세히 상처를 들여다보면 아픈 부분에 집중하고 그것이 너무 커지게 된다.

하지만 멀리서 봤기 때문에 아름다운 것이 있다. 깊게 개입하지 않기 때문에 아름다운 것이 있다. 시간을 두고, 거리를 뒀기 때문에 이해되는 것들이 있다. 이런 시선으로 내 삶을 보기도 한다. 나는 되도록 멀리서 나를 보려고 한다. 내가 남을 볼 때 그들의 고통이 보이지 않듯이, 지금 나의 고통을 내가 볼 수 없도록 세상과 거리를 두는 것이 나에게는 삶의 한 요령이었다.

@BANZISU

모래내 시장

나는 왜 이렇게 시장 풍경을 그리는 것이 좋을까? 어린 시절이 생각나서일까? 시대를 막론하고 비슷한 모습이어서? 아님 삶의 활기 같은 것이 느껴져서인가. 어떤 이유에서인지 나는 이런 모습을 그리는 동안에 행복해지곤 한다.

이 대 로 도   충 분 하 다 는   위 안

산책을 시작하기 전에, 이유 모를 의문이 엄습하는 순간이 있다. '재미있을까?', '조금 귀찮은데 가지 말까?', '왠지 지금 가보아도 예상되는 순간들만 만날 것 같아' 하는. 하지만 나에게는 몇 번의 산책을 거듭한 경험이 준 믿음이 있었다. '일단 가보자. 일단 가보면 재미있을 거야. 뭔가 있을 거야' 하는 믿음. 그리고 실제로 그랬다. 모든 산책에는 놀라움과 자극이 있었다. 산책이 나를 실망시키는 일은 매우 드물었다. 그리고 '이번에도 뭔가 얻을 수 있을까?'라는 의문, 일단 걸으면 그 의문이 사라졌다. 나는 많은 것을 얻었었다. 놀라울 만치 아주 자주.

사실 산책을 정말 열심히 다녔던 때의 나는, 단순히 소풍가듯 놀러가듯 가벼운 마음이 아닐 때가 많았다. 오히려 내가 누구인지, 나는 뭘 하고 있는지, 세상은 어떤지 그 모든 것들을 잘 모르겠어서, 생각이 너무나 넘쳐나고 눈앞에 처한 상황이 의아해서 그 궁금증을 참을 수 없어 뛰쳐나가듯 떠나는 것에 가까웠다.

모든 산책에서 내가 본 풍경은 다 사람이 만들어낸 것이었다. 늘 사람들이

후암동 하얀집 2016

후암동 지붕들 2016

있었다. 하물며 논밭이나 자연뿐인 시골길조차 사람이 닦아서 생겨난 풍경이다. 그 풍경들을 보며 '여기에 사는 사람들은 누굴까', '저 집은 언제 지어졌을까', '저 가게는 무엇을 팔까' 하는 생각을 하다 보면 어느샌가 집에 도착했을 즈음엔 '이대로도 충분하다'는 생각으로 마음이 가득 차 있었다. 비약이 아니었다. 두 눈으로 세상을 확인하고 돌아온 것이었다. 그건 내가 걷고 또 걸으며 너무 많은 세계와 사람들을 목격했기 때문이라 짐작한다. 자세히 들여다보면 연약해 보일지도 모를 불안한 마을들이 멀리서 보면 조용하고 커다랗게 매일매일 그 자리를 지키고 있다는 것을 나는 매번 내 두 눈으로 확인했다. 어째선지 작은 고민들은 휘발되고 '어떻게든 잘 살아보자'라는 생각으로 가득 차 있었다.

거리에는 출근하는 사람들이 있었고, 길과 건물을 만들고 고치는 사람이 있었고, 채소를 파는 사람, 손자손녀를 등원시키는 할아버지의 뒷모습과 엄마 손을 잡은 작은 아이들이 있었다. 어쨌든 모두들 살아가고 있다는 걸, 내 한 몸이 지닌 고민보다 이 도시는 더 견고하고 촘촘하게 살아가고 있다는 걸 봤기 때문에, 내가 가진 생각은 어쩌면 아무것도 아니라고, 언젠가는 나도 저 도시의 어른들처럼 이 세상에 속해서 멋지게 살아갈 수 있을 거라고, 조금은 나 자신과 내 삶을 멀리서 내려다봤다. 많은 타인을 보며 그 시선으로 나는 나를 봤다. 나도 결국 무수한 타인들, 살아가는 사람들 중 하나라는 걸 느꼈다.

방에서 혼자 하는 생각은 그게 버려지지 못하고 맴돌고 맴돌아 나를 더 무겁게 하는데, 산책을 하면 새로운 생각이 길 위에서 생겨나고 오래된 생각은 길 위에 버려졌다. 그런 마음으로 작은 고민들은 걸으면서 거리 위에 모두 흘리고 온 것인지도 모른다. 중요하지 않은 생각을 안고 갈 필요는 없었다. 태어난 이상 하루

하루를 허비하지 않고 뭔가로 채우며 살고 싶다는 생각이 들었다. 그날 뱉었던 말들 중 못된 말들은 후회했고, 내가 진짜 하고 싶은 것을 하고 있는지 그래서 즐거운지 스스로 되묻고 또 되물었다. 이런 생각을 하려고 나선 산책은 아니었다. 그럼에도 사람들을 보며 생각이 자꾸 솟아났다. 그 생각들이 위로가 되어 돌아오는 길엔 내일을 살아갈 힘을 얻었었다. 저절로 그렇게 됐다. 산책이란 것은 참으로 신기하다. 그 점 때문에 산책을 다녔다. 이상한 것은 모두 버리고 올 수 있다는, 바로 그 느낌 때문에.

산책이 내게 준 것은 며칠짜리 희망이었다. 이내 다시 힘들어지고, 이해할 수 없는 순간들이 벌어질지라도, '지금은 괜찮아. 앞으로도 괜찮을 거야' 같은 믿음이나 희망을 가지고 돌아왔다. 힘듦이 쌓이면 다시 세상을 확인하러 떠났다. 그걸 무수히 반복했다.

조금 웃긴 건 버려지는 생각과 새로 생긴 생각은 매번 비슷비슷했다는 거다. 버려지는 생각은 힘들다는 내용, 새로 생긴 생각은 잘해보자는 내용. 이 비슷비슷한 짓을 왜 한 번으로 끝내지 않고 반복했을까. 돌이켜보면 원래 '인간이란 그걸 수천 번 반복해야 아주 미미하게 조금씩 나아지는 존재이지 않았을까'라고 생각한다. '괜찮다', '잘해보자'는 생각을 한 번 한다고 해서 그때부터 인생이 바로 잘 살아지지 않았다. 내일이 되면 다시 의아한 상황이 생기고, 세상을 모르겠다는 기분이 들었고 그러면 또 다시 그 생각을 비우러 나오는 것이다. 이런 치유의 행위를 반복하고 또 반복하면서 천천히 꾸준히 성숙해지는 것이라고 믿었다.

나는 정말 습관처럼 일기를 쓰는데, 하루 동안 있었던 일들을 쓴다기보다는 어떤 생각이 들면 그 즉시 생각들을 전부 다 적어두는 습관이 있었다. 산책을 다녀오고 나면 일기를 더욱 길게 쓸 수 있었다. 날을 잡고 그 일기들을 쭉 읽어보면 결국 비슷한 생각이 계속 반복되는 걸 알 수 있었다. 하지만 그건 맴도는 것이 아니라, 조금씩 내가 고쳐지고 조금씩 세상을 알아가는 과정의 기록이었다.

결과적으로 산책은 나를 성장시키고 치유하기 위한 적극적인 행동으로 기능했지만, '호기심'과 '재미'를 위한 구경이라는 가장 원초적인 산책의 동기가 사라진 것은 아니었다. 시각적으로도 정신적으로도 육체적으로도, 산책은 재미있었다. 절대 지루해지지 않았다.

'보는 것'을 하나의 특별한 행위라고 말할 수 있을까? 보는 것은 숨 쉬는 것처럼 눈을 뜨고 있는 동안 벌어지는 당연한 현상에 불과할지도 모르지만, 적어도 나에게는 '보는 것'이 가장 중요하고 재미있는 행위들 중 하나다. 세상을 관찰하고, 아름다운 것을 보고, 시각적인 자극을 얻을 때 그 어떤 것보다도 가장 큰 흥미를 느꼈다. 그런 의미에서 산책은 나에게 미감(美感)을 자극하는 여행이기도 했다. 일상은 정말이지 놀라운 것으로 가득했다.

특히 오래된 벽돌 건물이나 언덕진 마을의 풍경, 나무가 많은 동네나 길을 예쁘게 비추는 카페가 있는 저녁 골목길과 같은 풍경을 좋아했다. 아침의 하늘 색, 낮의 하늘 색, 노을의 하늘 색이 천천히 변화하는 순간들을 사랑했다. 계절마다 변화하는 구름과 잎의 색들을 마음속에 담아두었다. 그럴 때 살아 있다고 느꼈다. 유모차를 끌고 가는 어린 엄마의 뒷모습, 마실 나와 바람을 쐬는 할머니들의 모습이 예뻤다. 과일을 사는 사람들, 강아지를 산책시키는 사람들의 모습에 눈이 갔다. 그 마을에서 살아가는 걸음걸이가 이미 익숙하고 자연스러워 보이는 사람들의 모습을 좋아했다. 그런 것을 구경하는 것이 나에게는 가장 큰 즐거움이었다.

Part 03

아무것도 아니지만,
그냥 좋아

행복은 사물처럼 내가 꼭 쥐고 있는 것이 아니라 정류장이나 여행지처럼 내가 잠깐 머무는 성질의 것이라고 생각하면 마음이 좀 편해진다.

손에 쥐려 하지 말아야지. 모두에게 순간마다 부단히 노력해야지. 잠깐 머물다 가는 여행처럼 행복을 느껴야지. 마실 나온 양탄자처럼, 낮잠에 구는 꿈처럼 살아가야지. 그 무엇으로도 나를 정해버리지 말아야지.

봄
의

기
운

2월은 겨울에 속하지만 가끔은 정말 따뜻한 날이 예고 없이 찾아온다. 날씨가 좋아서 연희동에 갔는데, 코로나 여파에도 불구하고 역시나 많은 사람들이 있었다. 놀이터를 지나치는데 부모님과 함께 온 아이들이 가득했다. 신나게 그네를 타는 아이, 흙을 푸는 데 집중하는 아이, 그 모습을 스마트폰으로 담는 엄마 아빠들이 있었다.

봄은 아주 살짝 다가왔는데, 사람들은 매우 들뜬 마음으로 마중 나와 있었다. 마치 날씨가 따뜻해지니 고개 내민 잎눈들처럼 말이다. 다들 정말로 봄을 기다리고 있었나 보다. 활기찬 그 모습이 귀여워 보인다.

　　동양미술 수업을 들었을 때 과제로 '금동미륵보살 반가사유상'을 그린 적이 있다. 그때는 드로잉이 익숙하지 않을 때였는데 반가사유상을 한 번 그리고 나니까 그 형태와 모습이 머리에서 잊어지지 않는다는 걸 느낀 적이 있다. 그걸 레포트에 썼는데, 교수님이 그림 그리는 과제를 내준 이유가 바로 그것이라고 말씀하셨다. 한 번 그림으로 그리면 기억에 오래 남게 되고, 그 기억으로 다시 유물을 관찰하면 예전에는 보지 못했던 것까지 볼 수 있게 된다는 것이다.

　　단순히 눈을 뜨고 볼 때와 내가 눈으로 보고 있는 것을 인지하는 것은 또 다른 문제다. 거기다 눈으로 보는 것을 한 번 그리기까지 하면, 그 후엔 '보는 능력'이 더 강화된다는 걸 느낀다. 눈으로 본 걸 그려보면 기억력이 좋아진다.

만화를 그릴 때에도 그랬다. 방 안에서 만화를 막 그리다가 내가 그린 길이 어딘가 어색하다 싶어 집 밖으로 나가서 인도와 차도를 다시 관찰하곤 했다. 매일 봤던 건데도 인지하고 보니까 내가 기억하지 못한 것들이 많이 있었다. 사진을 찍어 와서 정확히 드로잉해보니 내가 관념적으로 떠올린 길과 실제의 길이 다르단 걸 알았다.

길 위에는 음식물 쓰레기봉투도 있었고 틈틈이 잡초가 자라고 있었고, 길과 건물이 붙어 있는 부분의 틈 간격, 그림자의 모양, 주차금지 안내판, 맨홀뚜껑과 보도를 콘크리트로 때운 모양새들이 가득했다. 사실 다 알고 있던 것들이라고 생각했는데 드로잉으로 정확히 데생을 해보고 나면 완전히 다시 이 세상을 알게 되는 느낌을 받는다. 답사를 거쳐 내가 묘사를 놓친 부분들 가운데 수정할 수 있는 건 수정했다. 창문도, 나무도, 건물들에 대해서도 다 그랬다. 이런 식으로 빛을 그리고 또 사람을 그릴 때마다 늘 매번 새롭게 알게 되는 게 생긴다.

이런 지식이 쌓일수록 나는 점점 사실적인 그림체에 빠져들었다. 현대의 그림은 드러낼 것은 드러내고 숨길 것은 숨기는 것이 세련된 그림이라지만, 나는 디테일하고 사실적으로 표현하는 것을 더 좋아했다. 추상화나 인상파 그림은 여전히 좋아하고 동경한다. 그것과는 별개로 나는 내가 진짜 본 것을 사실적으로 담아내는 감각이 좋다. 무언가를 놓치거나 간과하지 않는 표현이 좋다. 사실적이면서도, 그림 같은 느낌을 그리고 싶다. 지금까진 많은 것을 잘 생략해온 사람들을 부러워했다. 하지만 작업을 하게 되면서 나는, 내가 생략하지 않는 아름다움을 느끼는 사람이란 것을 알게 됐다.

세상의 모습들은 봐도 봐도 아직 모르는 것이 남아 있고, 그려도 그려도 부족한 것이 보인다. 그래도 이 느낌이 좋다. 완전히 내 것이 되면 도전할 것이 사라져 재미없어질 테니까. 아직 그려야 할 것, 아직 보이지 않는 것이 많이 남아 있다는 사실이 좋고, 그림을 그릴수록 세상을 보는 눈이 매일 달라지고 새로워지는 감각도 좋다.

그
날
의
공
기

일상에서도, 삶을 통틀어서도 공기에 영향을 받고 또 나의 지나간 시절들을 공기로 기억한다. 다른 이의 예술작품에서 감동받는 것도 그것이 주는 공기를 맡을 때가 많다.

냄새, 온도, 향기, 날씨 그리고 그 시간과 공간에 속한 사람들이 전달하는 기운 같은 것. 마음이 기억하는 순간들. 그런 것을 그리고 싶다.

내
손
잡
아

여름의 색은 짙은 초록.
"나만 믿고 따라와"라고
말하는 듯한 두 친구,
꼭 잡은 손들,
한적한 거리의 풍경.

행복은 순간

　지금 가진 게 너무 많다. 내가 그토록 갖고 싶었다고 염원했던 것들인데, 막상 가지니 오만해질까 봐 겁이 난다. 이렇게 많이 손에 쥐려고 했던 것이 아닌데, 가졌다고 생각할수록 잃어버릴까 걱정해서 작은 행동, 작은 생각들을 하게 된다. 덜 노력하게 된다. 나를 위한 행동이 아니라 나의 것을 지키기 위한 행동을 하게 된다.

　내가 가졌다고 생각한 것들이 어떻게 내 것일 수 있을까? 그게 사람이라면 어차피 남은 내가 될 수 없는 거고, 돈이라면 써서 없앨 거고, 죽으면 다 놓고 갈 것들이고, 재능이라면 갈고 닦지 않으면 사라지게 되는 건데. 어떻게 그것들을 모두 지금 이미 가졌다고 생각하게 된 걸까.

　지키려고, 잃지 않으려고 하는 생각들이 나에게 선택을 하지 못하게 하고, 찌질하게 하고, 이해하지 못하게 한다.

　차라리 아무것도 지키지 않아도 되는 상태가 낫다. 전부 다 결국 잃어버릴

것이라고 생각하는 것이 낫다. 애초에 무언가를 가질 수 없다고 생각하는 것이 낫다. 아집이나 욕심으로부터 멀어지는 것이 낫다. 이 세상에 잠깐 머물다 가는 것이라고 생각하는 것이 낫다.

할머니가 될 때까지 산다면 앞으로 짧게는 40, 50년은 더 살 텐데, 하루하루 가지려고 할수록 나는 아마 거꾸로 자랄 것이다. 욕심을 가지는 것은 좋다. 하지만 욕심이 나의 목표가 되는 것은 원하지 않는다.

행복은 사물처럼 내가 꼭 쥐고 있는 것이 아니라 정류장이나 여행지처럼 내가 잠깐 머무는 성질의 것이라고 생각하면 마음이 좀 편해진다. 손에 쥐려 하지 말아야지. 모두에게 순간마다 부단히 노력해야지. 잠깐 머물다 가는 여행처럼 행복을 느껴야지. 마실 나온 양탄자처럼, 낮잠에 꾸는 꿈처럼 살아가야지. 그 무엇으로도 나를 정해버리지 말아야지.

성산동
아파트단지안

『잃어버린 기억을 찾아서』라는 책이 있다. 도대체 잃어버린 기억을 어떻게 찾는다는 것일까? 잃어버린 열쇠나 지갑은 방을 잘 뒤지면 찾을 수 있을지도 모르지만, 기억이나 추억을 잃어버렸다는 것은 형체마저 없어진(아니 애초에 형체가 없는) 그런 어떤 것이 아닌가. 그것을 어떻게 찾는다는 것인지. 찾는다 하더라도 그것의 내용은 변하지 않았겠는가.

어쩌면 그래서 잃어버린 기억을 찾아'서'인지도 모른다. 실제로 기억을 손에 쥘 수 있는 것이 아니라면, 찾아나가는 과정 그 자체밖에는 할 수 없는 것이니까 말이다. 이 책에서 주인공은 홍차에 적신 마들렌 한 조각을 먹고 불현듯 추억을 떠올리게 된다. 예전에 먹어봤던 그 맛을 느끼자 갑자기 잃어버린 기억이 되살아난 것이다. 돌이켜 보건데 나에게도 기억을 찾는 과정은 낭만적이고도 인간적인 어떤 순간들이었다.

이런 경험은 누구에게나 있다. 이사를 하며 숨겨 있던 상자를 발견하다가, 오래된 하드웨어 속 옛날 사진을 보다가, 수 년 전 알바를 할 때 매일 들었던 노래가 어딘가에서 흘러나올 때, 헌책방에서 어릴 때 봤던 만화책을 만났을 때. 애써 노력하지 않아도 과거의 기억은 불쑥 찾아'지는' 것이다.

　　한번은 버스를 타고 성산동의 한 아파트 단지를 지나치는데, 나는 그 단지 안에 옛날 느낌이 나는 건물이 있다는 걸 알아차렸다. 그리고 바로 다음 날 그 동네를 구경했는데, 아니나 다를까 아직 옛날 모습이 곳곳에 남아 있었다. 이런 곳에 가면 설명할 수 없는 뭉클함이 은은하게 나를 휘감는다. 잃어버린 기억이 찾아진 것이다.
　　이상하게도, 나는 어릴 때 봤던 우리 동네의 벽돌담이나 돌멩이들, 바닥에 핀 꽃 같은 것을 자주 기억한다. 예전 건물 특유의 타일 벽, 짙은 초록색 철제 펜스, 육각형 모양 보도블럭의 디자인을 기억한다. 사자 얼굴의 대문 손잡이, 나무로 된 창틀, 큰 회색 벽돌담, 꼭대기에는 벽돌의 구멍이 보이도록 쌓아 올린 단독주택의 담장 모양을 기억한다.
　　나는 그런 세상의 물건들을 자세히 들여다보고 또 잘 기억하는 아이였다. 뭔가를 관찰하는 걸 좋아했다. 돌멩이들의 크기와 색깔 차이 같은 작은 세상들을 면밀하게 바라보고 다음 날 또 바라보고 그걸 기억하곤 했다. 내가 기억하는 것이 전체적인 마을의 조망이 아니라 벽과 바닥, 돌멩이나 펜스 같은 것인 이유는 단지 나의 몸집이 작았고 혼자서는 멀리 갈 수 없었기 때문이었을 것이다. 늘 골목에서 동네 친구들과 노는 것이 내 세상의 전부였기에 그때 본 모습들을 자세히 기억하고 있는 게 아닐까.

아직도 길가의 틈바구니를 삐져나온 꽃이나 돌멩이 같은 것을 보면 불현듯 어린 시절이 생각난다. 수십 년째 허물어지지 않은 건물들을 보면 가슴이 두근거린다. 골목길에, 마당의 작은 나무가 만들어주는 볕뉘에, 그늘 아래 흙에, 시멘트를 비집고 나온 꽃에.

어린 시절 봤고 겪었던 기억들이 모두 묻어 있다. 새로 생긴 삐까뻔쩍한 건물들은 신선함은 줄지언정 감흥을 느낄 수 없다. 하지만 지금의 꼬마들에게는 이 새 건물들이 다시 그들의 추억이 될 거라 생각하면 기분이 묘하다.

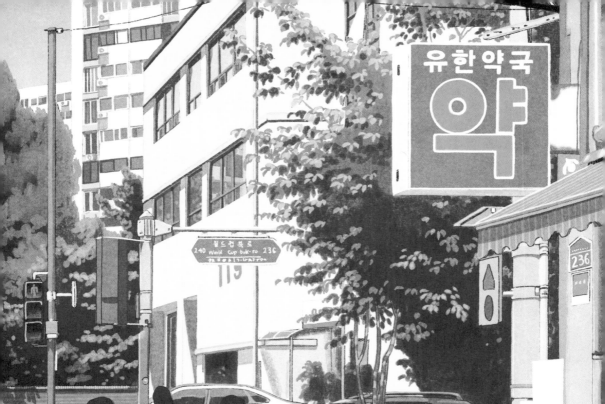

우
연
한 풍
경

낯선 곳에 가서 사람들이 사는 거리를 천천히 돌아다니며 구경하는 걸 좋아한다. 골목길 구석구석 구경하고 거리 위의 사람들 훔쳐보기, 아무렇지도 않게 지어진 빨간 벽돌집들에 비친 햇살 관찰하기 같은 것들.

그렇게 여기저기 꼭 누비고 다니면, 때로는 그 공간이 다 내 것이 된 것 마냥 행복해진다. 그러다가 예쁜 가게나 찻집 등을 발견하면 기분은 더욱더 좋아진다.

그런데 오늘 바로 그 느낌을 몇 달 만에 느꼈다. 심지어 멀리 있는 곳도 아닌, 내가 살고 있는 동네에서 새 산책길을 발견했다.

이 동화 같은 장면은 내가 살았던 곳에서 30분 정도 걸었을 때 발견한 풍경이다. 넓은 아파트 단지가 나오더니, 갑자기 작은 천이 나왔다. 그 주변에서 사람들이 모여 운동을 하고 있었고, 빨간 지붕의 오래된 집과 나무가 천을 따라 이어져 있

161

었다. 어떤 골목 안에는 오목조목한 카페 두어 개와 귀여운 술집도 있었다.

남산이나 낙산공원, 성북동, 동대문구 도서관을 다닐 때의 느낌이 나서 너무 반갑게 느껴졌다. 그래, 나는 이렇게 서울 구석을 걸어 다니는 걸 참 좋아했었는데.

오늘도 공짜 여행을 했다.

순
간
을
영
원
히

갑작스레 후텁지근해진 날씨에 주변을 둘러보니 어느덧 나무가 온통 진한 연두색의 잎들로 둘러싸인 계절이 왔다. 서울은 조금만 걸어보아도 의외로 나무가 많은 도시임을 느낄 수 있다. 어느새 울창해진 은행나무, 벚나무는 물론 생긴 지 얼마 안 된 공원들에는 갓 심은 날씬하고 듬성듬성한 나무들도 자라고 있었다. 그 초록 잎들 너머에는 복잡한 간판과 전봇대 줄이 한가득이다. 건물 위로는 볕뉘가 아름답게 춤을 추며 흔들린다. 나무와 건물을 그리는 일은 언제나 좋다. 나무와 건물의 형태뿐만 아니라 이 도시를 살며 느낀 공기와 시간도 담아내고 싶다.

데이비드 호크니는 이런 말을 했다.
"스케치북을 한 시간 반 만에 다 채웠다. 나는 그 후에 울타리를 보다 분명하게 볼 수 있었다. 그림으로 그리고 나서야 비로소 그 풀을 보기 시작했던 것이다."

그것을 그리고 나서야 비로소 그것들을 진정으로 이해하게 되는 것 같다. 그 느낌을 이제 잘 알고 있다. 그림으로 기억을 남기는 일은 사진보다도 강력하다. 이 그림들을 그림으로써 나는 미래에 잃어버린 추억을 찾으려고 노력하지 않아도, 이미 이 순간을 영원히 잃어버리지 않는 사람이 될 수 있다. 그럴 만큼의 힘이 있는 그림을 앞으로도 계속 그리고 싶다.

연
남
동

골
목
길

능소화, 회양목, 주목나무, 벽돌담, 우체통, 민무늬 공연 포스터, 옥탑, 아파트, 전봇대, 검은 샤시, 지붕 밑 우수관 같은 것들, 하나하나 이름 없지 않은 것.

연남동으로 이사온 후 연남동 온갖 곳을 다 누비고 다니며 사람들과 공간들을 담았다. 산책 시간이 너무 재밌어서 그려야 할 게 많아졌다. 실제로 작업량이 훨씬 많아졌다. 자전거 타는 주민들, 맛있는 커피를 먹기 위해 모여든 젊은이들, 태권도복을 입고 집에 가는 아이들 뒷모습, 아주 오래전부터 매년 피어왔던 것 같은, 담장 너머 5월의 장미까지. 동네 구석구석에 다양하고 많은 삶의 사건들이 매일 벌어지고 있다.

아무 의미 없는 것인지도 모르지만, 그냥 좋은 것.

매일 걷는 동네 골목길이 얼마나 오래 이곳에 있었는지를

가늠케 하는 낡은 모습들.

오후가 되면 길의 저 끝 구석까지도

아주 작은 이파리 틈새까지도

꾸역꾸역 해가 닿는다.

@BANZISU

익숙해진다는 것

새 집으로 이사 온 지 1년이 채 지나지 않았을 때였다. 옆집 단독주택이 허물어지더니, 이내 5층짜리 빌라 공사가 시작되었고 매일매일 소음에 시달렸다. 옆집과의 거리는 1미터도 되지 않아서, 소음은 생생하게 내 귓전을 때렸다. 아침이면 눈썹을 찌푸리며 하루를 시작했고, 다른 곳에 이사 가고 싶다는 생각을 하게 되었다. 부동산 매물을 자주 찾아보니, 비싸고 좋은 집을 너무 많이 알게 됐다. 그리고 무리를 해서라도 그런 곳으로 가고 싶은 마음이 들었다.

떠나고 싶다는 생각에 사로잡혀, 평소에 좋아했던 장소를 지나는데 갑자기 단점들이 눈에 들어오기 시작했다. '싫다'는 생각이 머리를 지배했다. 행복하지 않았다. 그때, 나는 내가 달라졌다는 것을 느꼈다. 이 길을 지날 땐 행복하고 반가워야 했다. 그런데 전혀 그렇지 않았다. 불만뿐이었다.

처음 이사 왔을 때만 해도 '지금까지 살아본 집 중 제일 넓다'며 이 집에서의 삶을 분명 좋아했었다. 아침에 눈을 뜰 때마다 '이런 삶을 살게 되어 감사합니다' 하고 생각했었다. 연남동과 성산동은 내 감성을 채워준다고, 이 신혼과 고양이들, 예쁜 작업실을 얻을 수 있는 삶은 축복같다고 생각했다.

　　그런데 이제는 단점만 보였다. 공사 때문일 수도 있다. 소음 때문일 수도 있다. 하지만 나는 내 안의 생각을 읽을 수 있었다.
　　'지겨워진 것이구나. 지루해지고, 익숙해졌구나. 당연해졌구나.'
　　처음엔 생소해서 장점만 보이던 날이 지나가버렸다. 이제는 부족한 것을 먼저 느끼게 된 것이다. 여러 장점과 기쁜 일들이 이제는 '당연한 것'이 되어버린 것이다. 물론 나쁜 일이 생겼을 때 불만을 가질 수 있다. 안 좋은 일이 있는데 삶을 무작정 만족하는 것이야말로 정신승리일지도 모른다.
　　하지만 공사 소음을 핑계로 소음과 관련이 없는 부분까지도, 나는 내가 이미 갖고 있는 것보다 '내가 가지지 않은 것'에 더욱 집중하고 있었다.
　　이곳을 떠나서 이사를 가면 행복해질 수 있을까? 새로운 곳에서도 더 좋은 것을 갈망하며 미움에 빠지게 되는 건 아닐까? 앞으로도 이렇게 평생 더 나은 것, 다음 레벨만 추구하며 살게 될까? 이 정도의 행복이 디폴트 값이 되면 더 큰 부나 기쁨을 늘 새로 찾아야 하는 걸까? 그런 자신의 모습을 상상했을 때 별로 좋아 보이지 않았고, 갑자기 내게 주어진 조건들에 미안해졌다.

　　나는 항상 반대편의 것에 더 이끌리곤 했다. 전원에서 살 때에는 건물 하나만 봐도 설렜다. 도시에 사는 지금은 나무 한 그루만 봐도 설렌다. 그리고 더 갈망하게 된다. 어느 쪽에 살더라도 다른 한쪽을 갈망하게 되는 거라면 결국 어디에 살더라도 괜찮은 거 아닐까? 한쪽을 선택함으로써 따르는 단점은 안고 가야 하는 거 아닐까. 어떤 환경에 놓이더라도 부족함을 느끼고 단점을 느끼는 것이라면 지금부터, 가지고 있는 것부터 만족하면 되는 거 아닐까?

결국 현명한 방향은 '지금 환경에 만족'이라는 선택지가 남는 게 아닐까? 이유 있는 불만족이라면 개선하면 된다. 이유가 있는 불만인지 이유 없이 익숙함에서 오는 불만인지는 스스로 잘 들여다보고 구분할 줄 알아야 하는 것 아닐까.

'무조건 좋은 것만' 있는 삶이란 없다. 작은 것을 사랑하면 삶을 감사하게 된다는 마음을 알겠다. 반면에 삶에 대한 감사함을 잃으면 작은 것에 감흥이 사라지게 된다는 것도 알겠다. 삶에 대한 권태를 외면하고 이미 갖고 있는 것에 집중해보고 싶다. 물론 공사 소음은 너무나 싫다. 하지만 그것이 내 인생을 싫어하는 것과 연결 짓지는 않으려고 한다.

연
남
동

요
코
쵸

후텁지근한 여름 밤. 지금은 남편이 된 남자친구와 손을 잡고 동네 끝으로 걸어와 오늘 있었던 일, 우리가 처음 만났던 날, 맛있는 음식, 이상한 사람들, 앞으로의 우리에 대해서 도란도란 이야기를 나누던 날. 단골 주점의 한적한 풍경과 그곳의 터줏대감 강아지가 우리를 반기는 그 순간.

작은 일들과 아름다움이 모여 행복한 삶이 하나하나 만들어지는 것 같다.

낭
만
적
인
밤

집에서 가장 가까운 카페에서 나는 항상 커피를, 남편은 에이드를 시켜먹는다. 남편은 "행복해!" 하고 외치는 나를 보고, "당신이 행복해서 나도 행복해!"라고 말할 수 있는 사람이다.

내가 행복한지 확인하는 남편의 눈빛을 사랑한다. 생에서 낭만적인 사건들은 늘 이런 여름밤에 일어났던 것만 같다는 착각이 든다.

밤 산책은 혼자 사는 여성 입장에선 좀 무서운 일이었다. 그럼에도 밤을 걸어야만 할 것 같은 날들이 있다. 집 밖을 뛰쳐나가고 싶은 충동이 무서움을 이길 때가 있다.

위로가 필요했던 것이 아닐까 싶다. 적적한 마음이 들면 집 근처 운동장에 나가서 운동도 하고 사람들이 많은 곳에 갔다. 아니면 불 켜진 곳이 많은 곳을 무작정 찾기도 한다. 어디로 가야 할지 모르는 기분에 더 쓸쓸해질 때도 있었다. 그럼에도 방 안에 혼자 있는 것보다는 밖에 나오는 게 나았다고 느꼈다. 거리에서 새어나오는 불빛이 예뻐서라도, 혼자 있는 기분을 느끼지 않기 위해서라도, 도시의 밤을 걷는 쓸쓸함은 그렇게 기분 나쁜 종류의 것이 아니었다.

결혼을 하고 나서 밤을 산책하는 일이 거의 사라졌는데, 한번은 방에서 그림을 그리던 나에게 남편이 "바빠?" 하고 물어왔다. "바쁘긴 한데 지금 딱 쉬려던 타이밍이야"라고 하니 남편은 "밤 산책 갈래?" 하고 제안했다. 밤 산책의 낭만을 이미 충분히 알고 있던 나는 망설임 없이 "좋아!" 하고 바로 집 밖을 나왔다. 남편은 걷는 걸 그렇게 좋아하지 않는 걸로 알고 있었는데 웬일이냐고 물으니 캠핑 갔을 때 했던 나와의 산책이 순간 그리웠다고 했다.

밤거리의 불빛을 보는데 예전만큼 쓸쓸한 감정이 잘 느껴지지 않았다. 예전처럼 방황하거나 위로받는 느낌이 아니라 산뜻한 걸음이었다. 둘이서 가볍게 세상을 구경했고 익숙하게 담소를 나누며 그 순간을 즐겼다. 들어가고 싶은 가게가 있으면 들어가 보고, 시간이 늦어도 무섭지 않았다. (덩치 큰 남자와 함께여서 그런 것도 있겠지만) 아무래도 느낌이 다르다.

그런 내 모습을 보며 '아. 내 삶이 예전보다 많이 충만해졌구나. 안정적이 되었구나' 하는 생각이 들었다. 그러고 보니 결혼하고 나서는 산책하며 방황한 기억이 많이 사라졌다.

세 시간이고 네 시간이고 열심히 걷던 때도 있었는데, 그때 나는 진짜 외로웠던 거구나. 그래서 세상에 기대고 모르는 사람이 가득 있는 도시를 확인하려고 그렇게 자주 떠난 것이구나. 그땐 스스로 힘들다고는 생각했지만 외롭다고는 생각하지 않았기에 이제 와서야 '그랬구나' 하고 알게 된다. 돌이켜보면 그땐 은연중에 '같이 걸을 수 있는 동반자가 있으면 좋겠어'라고 생각하기도 했다. 지금은 그 꿈을 이루어서 이 글을 쓰고 있는 것이 기적처럼 느껴진다.

어쨌든 이날의 밤 산책이 계기가 되어 그 후로도 굉장히 자주 남편과 산책을 하고 있다. 비가 오지 않으면 거의 매일 나가는 정도다. 매번 즐겁고, 매번 낭만적이다. 남은 생을 함께하기로 약속한 사람이, 나와의 산책이 그리웠다 말해주는 사람이라는 것만으로도, 이대로도 내 삶이 충분하고 감사한 기분이 드는 개운한 밤들이다.

퇴근길

퇴근길을 비추는 빛이
서점일 때 느끼는 안도감 같은 것.

도
시
의
밤

반짝반짝 빛나는 도시.

어두워도 어둡지 않은 도시.

도시의 밤은 사람들의 빛이 모여 별들이 된다.

BANZISU

　　프리랜서로 일하는 동안 작업의 종류에 따라 일하는 루틴이 달라지기도 한다. 아침형 인간으로 하루 루틴이 규칙적인 시기가 있는 반면, 밤샘 작업을 하느라 균형이 무너지는 시기 또한 있다.

　　주로 밤 작업을 하는 시기는 아이디어나 영감을 얻기 위해 생각하는 시간이 필요한 작업인 경우가 많다. 때문에 점심 식사나 커피를 사기 위해 혹은 바깥바람을 쐬기 위해서라도 낮에는 꼭 외출을 하고, 그 한가한 외출에서 영감을 얻거나 복잡했던 생각을 정리하기도 한다.

　　한편 아침형 인간으로 살 때는 애니메이션처럼 정확한 노동량이 요구되는 작업인 경우가 많다. 이런 시기에는 여유롭게 사색하기보다는 일단 책상 앞에 앉아서 그날그날 해야 하는 분량을 채워야 한다. 중간에 쉬어봤자 마감에 대한 부담 때문에 잘 쉬지도 않는다. 가급적이면 일찍 출근하고 저녁까지 작업실에 오래 앉아 있는다. '프리랜서는 자유로워서 좋지 않느냐'는 말을 많이 듣는데 이렇게 직장인처럼 일하는 때도 있다. 그리고 이런 시기 나름대로의 '즐거움'이 있다.

그건 바로 어스름한 저녁 시간에 퇴근할 때 느끼는 뿌듯함이다. 그리고 그 시간대가 주는 위안이 있다. 붉은 노을은 이미 좀 전에 사라지고 세상은 푸르스름한 빛으로 바뀌어가고 있는 시간대. 하지만 아직 밤이 오기 전의 빛이 남아 있어 가로등이 켜지지 않아도 적당히 밝기도 하고 어둡기도 한 그 시간 말이다.

'아, 오늘 할 일을 다 끝냈구나' 하는 느낌이 들면서 개운하다. 일이 만족스럽게 끝나지 않은 날도 저녁 시간이 되면 '어쨌든 내일 다시 잘해보자'는 생각을 하며 후련한 기분이 든다. 그런 기분으로 자전거를 타고 슈퍼에 들러서 맥주나 음료수를 산다. 마트에는 퇴근하는 사람들로 평소보다 좀 더 북적이는 느낌이다.

골목길은 하루를 끝낸 사람들 특유의 분주한 소음들로 가득 찬다. 집에 가까워질수록 자동차 소리, 떠드는 소리, 오토바이 소리가 전부 은은하게 멀리서 들려오는 듯하다. 겨울의 저녁은 좀 더 일찍 조명들이 켜지는 데다 한 해를 마무리하는 느낌까지 들어 더욱 아련해진다.

이런 '초저녁'의 시간대만이 가진 평화로움, 하루를 정리하는 듯한 기운은 분명 위안이 되고 특별하다. 하지만 아무 일도 하지 않은 날에 저녁을 맞이하는 것과 열심히 일을 하다가 저녁을 맞이하는 기분은 완전히 다르다. 하루를 열심히 산 사람만이 누릴 수 있는 분위기가 있다고 생각한다. 글을 쓰는 지금은 이 느낌을 느끼지 않은 지 오래다. 바쁜 하루 끝의 저녁 분위기가 조금 그리워졌다.

보통의 것과 특별한 것을 구분하고 어느 한쪽이 더 좋다고 여기는 분위기를 별로 좋아하지 않는다. 특별한 것을 좋아하는 마음과 똑같이, 보통의 것을 좋아한다. '왜 보통 사람들의 모습을 좋아하는가' 하면 그 모습이 너무나 믿음직스럽기 때문이다.

이십대 중반 즈음에 사회활동의 일환으로 노래극 공연을 준비한 적이 있는데, 같이 기획하던 친구의 제안으로 그 원작을 쓰셨던 소설가 선생님을 만나 뵌 적이 있다. 선생님은 삶과 세상에 대해 고민하는 우리에게 "세상이 부조리하게 흘러가는 것 같지만, 실은 우리 주변의 70퍼센트 이상은 아주 정상적인 사람들이다. 우리 주변의 일반적인 사람들은 상식적인 경우가 많다. 가장 대중적인 그들을 믿어라"라고 말씀하신 적이 있다.

특이한 도전을 하는 우리에게, 고독해하지 말고 자기가 하는 일을 자신 있

게 이어나가도 괜찮다는 용기를 주려 하셨던 말씀인 동시에, 당신이 지녀온 이 세상에 대한 통찰이나 믿음 같은 게 아니었을까. 나는 아직도 그 말이 잊히지 않는다.

'보통의 사람을 믿으라'는 조언은 너무나 위안이 되는 말이다. 가끔씩 무자비한 뉴스를 볼 때마다 그 말을 꺼내어 다시 기억한다. 그리고 그 평범한, 보통 사람들의 모습을 나 역시도 일상에서 늘 만나고 있다는 사실을, 나는 잊지 않으려고 한다.

손에 든 세상이 믿을 수 없을 정도로 악랄함과 동시에, 걸으며 본 세상은 믿을 수 없을 정도로 평화로웠다. 이 시끄러운 소식과 소음 속에서도 도시의 구석구석은 어떻게 이토록 차분할 수 있을까. 이 도시를 천천히 걷다 보면 모두가 얼마나 조용하게 자기 역할을 하며 살아 숨 쉬고 있는지가 느껴진다. 나쁜 소식이나 비극 그리고 비판과 사건들에 귀 기울일 필요는 있다. 하지만 가끔은 내 곁의 주변을 더 둘러보고 싶어진다.

잠시만 주변을 둘러보아도 세상은 의외로 믿음직스럽다. 묵묵히 제 할 일을 하는 사람들 덕에 도시의 많은 부분이 오늘도 무탈하다는 것을, 미디어는 무탈한 자들의 소식은 전하지 않기 때문에 보통 사람들의 삶은 더욱 고요하다는 것을 느끼고 싶어진다.

나는 걷고 또 걸으며 순간들을 모으고 내 두 눈에 담는다. 그런 순간들은 내가 이 세상을 사랑할 수 있는 증거가 된다. '아, 그래도 세상은 분명히 사랑할 구석이 다분해' 하고 속으로 외친 후 남은 우리의 삶을 더 잘 믿어보고자 한다. 굳이 더 믿어야 하는 쪽이 있다면 내가 본 평화와 보통의 순간들이라 생각하면서 걷고 또 걷는 일은 멈출 수가 없다. 보통 사람들의 모습에 이 모든 것들이 담겨 있다.

#COLLABORATION
〈BANZISU×MAZECT〉

©MAZECT

열심히 걸은 나에게
열심히 그린 나에게

　　나는 고등학생 때부터 사진 찍는 걸 좋아했는데, 거리에서 만난 모습들을 자주 사진으로 찍기도 했다. 하지만 사진작가도 아니고, 기술적인 재주도 적어서 그 사진들은 나의 관찰과 추억을 기록하는 수준이었지 누구에게 보여줄 만한 것이 못되었다. 다큐멘터리 사진작가들의 책을 보고 동경했지만, 나는 사진으로 작업을 할 수 있을 거라고 생각해본 적은 없었다. 너무 어려워 보였기 때문이다. 내가 본 것을 그림으로 그리면 좋겠다고 정말 많이 생각했지만 그때에는 꿈도 못 꿀 일이었다. 대학교에서는 정치학과 법학을 전공하고 있었고 미술로 전향을 하고 싶었지만 어릴 때 만화를 따라 그리거나 낙서를 해본 게 전부인 실력이었다. 인체는커녕 구도 잡는 것이나 그림의 스타일에 대해서도 아무것도 몰랐기 때문에, 내가 본 걸 진짜 그림으로 담을 수만 있다면 소원이 없겠다고 생각했었다.

　　'내가 정말 잘하는 것이 무엇인가'라는 스스로에 대한 질문을 수없이 거듭하고 나자, 역시 그림을 그려야겠다고 결정한 것이 대학교 4학년을 올라갈 즈음이었다. 자퇴를 할지 대학을 졸업할지 고민하면서 일단 시작해보자고 결정했고 대학교 4학년 때 취미 드로잉 강의를 들었다. 스물넷이 되어서야 그림 독학을 시작한 것인데 그때까지만 해도 풍경을 그릴 생각은 못했다. 그러다 무심코 대학교 수업을 듣던 중에 수업이 너무 재미가 없어서 후암동에서 봤던 가로수를 아무 생각 없이 드로잉해봤는데, 생각보다 너무 재미있고 그 결과물이 마음에 들었다. 꼼꼼하게 시간을 갖고 자유롭게 드로잉을 하니까 꽤 괜찮았다.

　　　　몇 번의 풍경 드로잉을 더 해보고 운이 좋아 경력이 거의 없는데도 일러스트레이터로 활동을 시작할 수 있었다. 후암동의 풍경을 담는 외주작업도 하게 되었다. 애매하게 일러스트레이터 활동을 지속하다가 스물일곱인 2017년에 '연필로 명상하기'라는 애니메이션 스튜디오에 지원을 했는데 덜컥 배경 아티스트로 입사를 하게 되어 그때부터 배경미술을 그리게 됐다. 2018년에 퇴사하고 나서 1년 동안 매일 배경만 그리니 실력이 꽤 나아져 있었다.

　　　　그 힘으로 지난 날 산책을 하며 찍었던 사진들을 하나하나 꺼내 일러스트로 완성해보기 시작했다. 그 그림을 그라폴리오와 인스타그램에 매주 업로드를 했고, 풍경그림 작업이 나의 가장 주요한 작업이 되었다. 아주 자연스럽게 그렇게 되었다. 봐줄 만한 작업이 꽤 쌓였을 즈음 풍경 그림으로 온라인 클래스를 열 기회를 얻었고, 해당 플랫폼에서 전체 수업 중 인기 순위 1등을 하기도 했다. 이 인기는 꽤 오래 지속되어 이전에는 맛보지 못했던 경제적 여유의 달콤함도 누릴 수 있었다. 그리고 지금은 산책에 대한 이야기와 그림을 모아 책을 쓰고 있다니.

　　　　그림을 다시 그리겠다고 마음먹었을 때에는 이런 결과를 상상도 하지 못

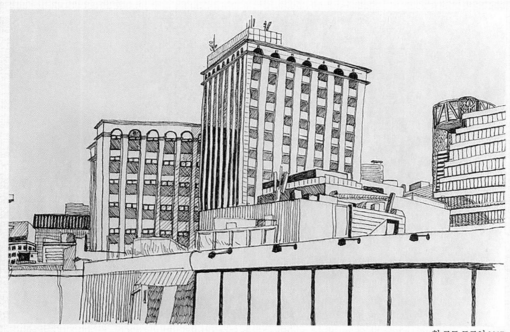

첫 로드 드로잉 2017

했다. 산책을 좋아하고 풍경을 좋아하긴 했지만 그것을 그릴 수 있다고, 거기다 이렇게 지속적인 작업으로 이어올 거라고도 짐작치 못했다. 단지 일단 내가 좋아하는 것을 그려보자고 생각하니 자연스레 풍경 그림을 그리게 됐고 또 그 마음으로 배경 아티스트로 일하게 되고, 일러스트가 수십 장 쌓이게 되었다. 내가 그린 첫 풍경그림이 후암동이었는데, 그 그림을 그린 날로부터 정확히 4년 뒤 후암동에서 나의 첫 풍경 전시회를 열기도 했다. 어떻게 보면 내가 가장 좋아하는 행위 두 가지 '산책'과 '그림 그리기'가 만나 나를 먹여 살리기도 하고 또 지속적인 작업으로 이어진 것이 신기하기도 하고 필연 같기도 하다.

　　이 책에 있는 풍경 그림은 아무도 시키지 않았지만 모두 혼자 좋아서 그린 것들이다. 가장 열심히, 애정을 담아서 그린 그림들이다. 앞으로 내가 어떤 작업을 하는 사람이 될지 의아해하면서, 내가 느꼈던 공기가 그림에 정말 담길지 궁금해하면서, 한 장 한 장 시도하고 즐기면서 그린 그림들이다.

　　그림을 그리는 사람으로서의 삶이 커질수록, 산책의 무게는 점점 가벼워졌다. 하루가 가면 갈수록 나는 내가 원하는 나로 살아갈 수 있었기 때문이다. 인생은 어떻게 보면 매일매일이 늘 처음과 같기에 의문의 순간이 올 때마다 다시 뭔가를 얻으러 산책을 나가야 하겠지만, 분명한 한 가지 사실은 예전의 나도, 지금의 나도 나는 늘 너무나 행복한 산책을 해왔다는 것이다. 그동안 열심히 걸은 나에게, 열심히 그린 나에게 스스로 고맙다는 말을 하고 싶다.

이 책의 그림들은 지난 6년간 저의 SNS를 통해 공개된 작업들입니다. 사실, 그림 그리는 많은 사람들이 그렇겠지만 저 역시 그림을 보여드리는 일은 늘 조심스럽습니다. 과연 이 그림들이 세상에 나갔을 때 부끄럽지 않을 수 있을까 항상 걱정하곤 합니다.

그러나 이런 제 마음과는 별개로, SNS에 그림이 업로드가 될 때마다 제 그림들은 늘 사랑스러운 댓글이나 메시지를 받아왔습니다. '그림을 그려주셔서 감사합니다.', '제가 매일 지나다니는 곳을 그림으로 만나니 너무 반가워요.', '왠지 모르게 유년시절이 떠오르고 마음이 따뜻해집니다.', '어머니에게 선물로 드리고 싶어요.', '마음이 따스해져요.', '나와 내 아이 모습도 저렇게 예뻤을까.'

그림을 그릴 때마다 생각합니다. '내가 본 아름다움을 남기고 싶다. 내가 만난 세상을 남기고 싶다. 그리고 가지고 싶다.' 처음 펜을 들 때의 마음은 오직 제 욕심을 위해 움직였습니다. 그런데 가만히 지켜보니, 그림은 제 스스로 사람들을 만나 각자의 마음에서 새로운 감정들을 만들어낸다는 걸 알게 됐습니다.

예쁨과 감사함을 받고 제 그림은 더욱 용기를 얻었습니다. 이런 사랑을 받음에 힘입어 저는 감히 이 책을 세상에 보여드리기로 하였습니다. 그림을 휴대폰으로만 보여드리는 것에 늘 아쉬움을 느꼈습니다. 손으로 만지고, 가질 수 있도록 하고 싶었습니다. 제 그림이 누군가의 책장에서 한 공간을 차지하고, 우리 시대 우리 모습의 작은 앨범 같은 존재가 되어 언제나 펼쳐볼 수 있고, 간직되고, 또 다시 새로운 독자분들을 만나 사랑받기를 원합니다.
제 그림이 더 큰 세상을 만날 수 있게 해주신 위즈덤하우스 출판사와 꾸준히 관심을 주셨던 많은 분들께 감사함을 전합니다.

2021년 겨울
반지수 드림

일러스트 목록

보통의 것이 좋아

초판 1쇄 발행 2021년 12월 1일 **초판 5쇄 발행** 2024년 1월 8일

지은이 반지수
펴낸이 이승현

출판1 본부장 한수미
라이프팀
편집 김소현
디자인 조은덕

펴낸곳 ㈜위즈덤하우스 **출판등록** 2000년 5월 23일 제13-1071호
주소 서울특별시 마포구 양화로 19 합정오피스빌딩 17층
전화 02) 2179-5600 **홈페이지** www.wisdomhouse.co.kr

ISBN 979-11-6812-058-7 03810